― 書き下ろし長編官能小説 ―

快楽温泉にようこそ

庵乃音人

竹書房ラブロマン文庫

目次

※この作品は竹書房ラブロマン文庫のために
書き下ろされたものです。

序章

それは夢幻の光景だった。

この世のものではないように思えた。

紫の闇が濃くなる夕暮れ。

音もなく、大粒の雪が降っている。

季節は、二月の終わり。身を切るような寒さが、日没とともにいっそう強烈になっている。

イオウの匂いが鼻をついた。湯けむりが白くもやる中、その女はムチムチした裸身を惜しげもなくさらしている。

（おおお……）

三《み》浦《うら》昌《まさ》彦《ひこ》は、心中で嘆声をこぼした。

当年とって、三十六歳。

厳寒の冷気にふるえつつ、同時に身体の奥深くから熱いものがたぎってくる。

こんなことをしてはいけないなんて、言われなくても分かっている。魔が差したとしか言いようがなかった。

だが——。

(きれいな人だ)

古びた塀に顔を押しつけ、ぐびっと唾《つば》を呑んだ。木の塀に空《あ》いた小さな節穴越しに、禁断の行為をしている。

昌彦がこっそりと見ているのは、自らが経営する小さな宿の露天風呂。

大きな岩にふちどられた楕円の湯船では、一人の熟女が色っぽい横顔を見せて身体を沈めていた。

名を、瀬戸《せと》村綾乃《むらあやの》という。

台帳にしるされた年齢が正しければ、三十五歳。一昨日から投宿している、たった一人の女性客である。

背中まで届くストレートの黒髪をアップにまとめていた。白いうなじを剝《む》きだしにし、卵形をした小顔が強調されている。

湯船からのぞいたまるい肩に、何度もお湯を浴びせかけた。白い手ぬぐいで首筋や額の汗を何度もぬぐう。

しっとりと濡れるいい女というものに、どうして男はこうもそそられるのだろう。アーモンド型の瞳に、高い鼻筋。クールな美貌の持ち主だった。ちょっぴり、勝ち気そうでもある。

こちらから話題をふって話しかけても、あまり乗ってはこなかった。社交的な性格ではないらしく、口数も笑顔も極端に少ない。

しかし綾乃が極上の部類に入る美女であることは間違いなかった。だからこそ、こんな風に昌彦も、つい出来心を起こしてしまっている。

ハッと目をひく高貴な美貌に、三十代半ばならではのゴージャスなボディ。こんな山奥ではめったにお目にかかれない女が、一人で風呂に浸かっているのだ。

真面目な昌彦とはいえ、つい我を忘れて覗き見してしまうのも無理はなかった。

(あっ……)

温泉の湯にまったりと浸かり、ようやく身体が温まったか。綾乃は湯の中で身じろぎをし、ゆっくりと立ちあがった。

(うおおおっ！)

昌彦は、今にも叫びそうになる。

紫の闇が濃くなる夕暮れ。

オレンジ色のか細い照明に浮かびあがった熟女の裸は、息づまるほどのいやらしさだった……。


首都圏から電車を乗り継いで四時間ほど。

X県の山奥にある、小さな秘湯の村であった。

風光明媚《ふうこうめいび》といえば聞こえはいい。だがつまるところ、手つかずの自然以外なにもないような僻地《へきち》である。

昌彦が主《あるじ》を務める温泉旅館「三浦家」はそんな山奥の村でひっそりと営業をつづけていた。

昭和の下宿屋を思わせる、レトロ感いっぱいの宿。

室数は、たったの五室である。

それでもこの宿は、村の温泉郷を代表する老舗《しにせ》だった。ただ昔から、客はちらほらとしかやってこない。

もちろんそれは、他の宿も同様だ。そのためどこもみなほそぼそと、青息吐息で旅館業をいとなんできた。

もう長いこと、風前のともしびのような温泉郷だった。

さらに、そんな秘湯の村にとどめを刺すかのように、近くの温泉地に大規模リゾート施設がオープンされた。

村の宿はどこも経営がいちだんと苦しくなり、次々と廃業に追いこまれた。

なんとか生き残ったのは、代々温泉郷の会長を務めてきた、大地主でもある三浦家ただ一軒という荒廃ぶり。

しかもそんな三浦家も、いよいよ命運つきかけている。閑古鳥《かんこどり》が、連日これでもかとばかりに鳴きまくっていた。

温泉の質こそ申し分のない秘湯だったが、そんなことだけで、今どき客は集まってくれない。

温泉郷のあまりのさびれっぷりと、昌彦の甲斐性のなさに女将《おかみ》だった妻もあきれて出ていってしまった。

つまり、三年前から独《ひと》り身でもある。

しかし昌彦は、それでも孤軍奮闘で小さな宿を切り盛りしていた。

頼りにしていた妻に三行半《みくだりはん》をつきつけられ、ようやく目が覚めたという言いかたもできた。

スタッフなど雇える余裕はまったくない。だがもともと料理人であったことから、なんとか料理は自力でふるまえた。

あらゆる仕事を一人でこなした。

だがそんな頑張りも、とっくに限界を超えている。なによりも、明るい未来が見えないことが、やはりつらい。

出るのはため息ばかりなり。それでもなんとか頑張らねばと、歯を食いしばって温泉宿を続けていた。

そんな二月の、ある夕暮れ。

泊まりにきたのが綾乃であった。

久しぶりの宿泊客だった。

どうしてこんないい女が、こんなさびれた秘湯に迷いこんできたのかと、不思議に思った。

そわそわした。

やけに気になった。

ストレスも、相当たまっていたのだろう。

露天風呂の外を掃除していた昌彦は、日ごろの鬱屈《うっくつ》を晴らすかのように、露天の女湯に現れた女性客に夢中になった……。

(綾乃さん。ああ、すごい!)

湯船から立ちあがった綾乃は、宿の主に見られているなどとは夢にも思っていないようだ。

前を隠そうともせず、頬ににじんだ汗の玉を濡れた手ぬぐいで何度もぬぐう。左手の薬指にはしっかりと高価そうな結婚指輪が光っていた。どうやら人妻らしい。

(おおお……)

あんなところやこんなところが、すべて丸見えになっていた。

湯けむりの中に露出した、魅惑の熟女の裸身に昌彦はうっとりと見とれる。

どこもかしこももっちりと、やわらかそうな身体である。オレンジ色の明かりに染まってこそいたが、色白の肌であることはよく分かった。

そんな裸身が湯に火照《ほて》り、薄桃色に染まっている。たっぷりのお湯でしっとりと濡れ、艶《つや》やかな光沢を放っていた。

(くぅ。綾乃さん。おっぱい大きい!)

昌彦は賛嘆の声を心の中であげた。

服の上からでも分かってはいたが、やはりこの熟女のおっぱいは、規格はずれの豊満さである。

小玉スイカか、マスクメロン。二つ並んだ豊かなふくらみが、たゆんたゆんと揺れている。

おそらくGカップ。九十五センチはあるのではないか。二つの乳房はどちらも仲よく、ズシリと重たげなボリュームである。

白い乳肌に淫靡《いんび》なさざ波が立っていた。下乳の丸みが強調され、面白いほどよくはずむ。

しかも——。

（乳輪でかい。いやらしい！）

見事な巨乳は、ただ形がよく、大きいだけではなかった。

先端をいろどっているのは、遠目にもそうと分かる大きな乳輪——いわゆる、デカ乳輪だった。

大きな乳房によく似合うド派手な円の大きさが鮮烈だ。

その上、セクシーなデカ乳輪は、西洋人を彷彿《ほうふつ》とさせる艶《なま》めかしいピンク色を見せつけている。

乳輪の大きさに負けじとばかりに、乳首も大ぶりであった。甘く実った食べごろのサクランボを思わせる。

お湯の温かさに刺激されたのだろうか。ピンクの乳首はまん丸にしこり、おっぱいのいただきで存在感を主張していた。

（それに。おおお……）

見事としか言いようのない巨乳とデカ乳輪を、舐《な》めるかのように鑑賞した。

やがて昌彦の不埒《ふらち》な視線は、濡れた女体を下降する。

（おお、すごい！）

またしても、快哉の叫びをあげそうになった。

豊熟の巨乳も圧巻だったが、ヴィーナスの丘もまた、男心を虜《とりこ》にする、鷲《わし》づかみ級のいやらしさをたたえている。

剛毛だった。

クールな美貌とはギャップのある、大迫力のマングローブの森。

いやらしい縮れ毛がびっしりと秘丘全体に生えていた。

湯に濡れた秘毛は黒さを増し、烏《からす》の濡れ羽色とでも言いたくなる、艶やかな色合いを見せつけている。

色白の美肌に肉感的なボディ。

その上巨乳でデカ乳輪。

股の付け根には剛毛密林。

なんといやらしい身体であろう。

たまらず股間がキュンとうずき、不覚にも勃《た》ってしまいそうになる。

（い、いかん、いかん。あっ……）

これ以上の出歯亀《でばがめ》は失礼だと、かぶりをふって節穴から顔を離そうとした。すると綾乃は身体の向きを変え、湯船からあがろうとする。

（うわあ。お尻もいやらしい）

旨《うま》そうな巨尻が、惜しげもなくこちらに向けられた。はちきれんばかりに盛りあがり、大福餅さながらの丸みを見せつける。

洗い場に移ろうとするせいで、プリン、プリンと尻肉がはずんだ。

（も、もしかして）

うまくいけば、湯船からあがろうとする際に、股間の局所も見えるのではあるまいかと浮きたった。

エロチックにくねる白桃のようなヒップに、ますます理性が麻痺していく。

もう一度、節穴に目を押しつけようとした。

思わず鼻息が荒くなる。

――ドカッ！

「きゃあああ」

（しまった）

綾乃が驚き、悲鳴をあげてふりかえった。胸と股間をあわてて隠し、表情を引きつらせてこちらを見る。

昌彦は前のめりになりすぎたのであった。そのせいで膝が塀にぶつかり、大きな音を立ててしまった。

「だ、誰⁉」

なじるような声で綾乃が威嚇《いかく》した。誰と言うまでもなく、宿には彼女と主である自分しかいない。

（なんてこった）

見る見る血の気が引いた。

ことの重大さに、絶望的な思いになる。

「まさか……社長さん？」

信じられないというような口調で、もう一度綾乃が問いかけてくる。
昌彦は天を仰《あお》ぎ、観念してため息をついた。
天から舞いおちる白い雪が、熱くなった顔をひんやりとさせた。

第一章　艶めき妻のリクエスト

1

「も、申しわけございませんでした！」

平身低頭とは、まさにこのこと。

畳に額を擦りつけた。大の男が土下座をし、自分がしでかした不始末を女性客に謝罪する。

「冗談じゃないわよ、あなた」

もちろん綾乃は許さない。

まなじりを怖いぐらいにつりあげて、鬼のような顔つきでにらんでくる。

「もしかして、いつもこんなことをしているわけ」

「めっそうもない」

昌彦は顔をあげ、左右にふった。

犯した罪は素直に認める。だが、覗き見の常習犯だなどと思われては、先代の宿主たちに申しわけが立たない。

「出来心です、ほんとに」

小さくなり、蚊の鳴くような声で言いわけをした。

「あそ。でもね、出来心でこんなことをされたこちらの身にもなってほしいんだけど。しかもあなたは、この宿の最高責任者よ」

あきれたように昌彦をにらみ、いやみたっぷりに綾乃は言った。

昔懐かしい下宿屋のような温泉宿「三浦家」は、一階に帳場やロビー、小さな事務所、厨房に二つの客室と、男女それぞれの風呂がある。

二階には三つの部屋があり、彼女が寝泊まりをする八畳の客室は、二階の一角にあった。

綾乃は浴衣《ゆかた》の上から羽織を重ねている。

黒髪はアップにまとめたままだ。露《あら》わになった小顔の美しさは、和風の装いともあいまって神々しいほどである。

しゃべろうと思えばしゃべれる女性なのだ——頭の隅で、昌彦はぼんやりと思っていた。

これまで会話らしい会話などほとんどなかった。それなのに、初めてといってもいいやりとりが、出歯亀男と被害者としてのものだとは、我ながらあまりにも情けない。

「おっしゃるとおりで。なんとお詫びをしていいものやら」

畳に手をつき、もう一度畳に額をくっつける。

「ふう……」

長い沈黙ののち、綾乃は不機嫌そうにため息をついた。

「罪もない女性客の入浴姿を覗くだなんて……あなたがそんなことだから、お客が来てくれないんじゃなくて」

「そうかも知れません」

なにを言われても、忍の一字で耐えるしかない。出るところに出て訴えるわよなどと言われたら、もう完全に三浦家はアウトである。

「秘湯の村としてのポテンシャルは低くないし、この宿だって今どき貴重な、昭和レトロないい雰囲気を出しているのにね」

いかにも残念そうに、綾乃は言葉をつづけた。昌彦はますます小さくなって「ははあ」と平伏し、同意をする。

「どうしてこんなにさびれているわけ」

素朴な疑問という感じで、綾乃が聞いた。

「どうしてとおっしゃられましても。ひと言で言えない事情もいろいろございまして」

昌彦はとまどい、苦しまぎれに答える。

「ひと言じゃなくてもいいわ。語ってみせなさいよ、私に。ことここにいたる顛末《てんまつ》を、覗き見をした罰として」

座椅子の背もたれに背中をあずけ、小首をかしげて熟女は聞いてきた。座卓の上には彼女の私物であるノートＰＣが置かれている。

「はあ……」

なんだこの展開はと奇妙に思いつつ、昌彦はおどおどと背筋を伸ばす。

思いつくまま、ささやかな宿の歴史を綾乃に伝えた。

昭和の初期から経営を開始した、歴史だけは長い老舗であること。三浦家は、この村随一の大地主であること。

だが、近くに大規模リゾート施設ができたことで、ただでさえほそぼそとだった温泉郷の営業は壊滅的な打撃を受け、この旅館が温泉郷でたった一軒だけ残った最後の砦《とりで》であること。

そして、三年前に妻に出ていかれ、それ以来、孤軍奮闘をつづけてきたこと——。

「ですから、本当に今回のような不始末は、つい出来心でしてしまったと言いますか……とにかく、まったくもってはじめてのことで」

「ねえ」

言いつのろうとすると、あらぬほうを見て眉をひそめたまま、綾乃にストップをかけられた。

「ちょっと黙っててくれない」

「は」

「考えごとをしているの」

「は、はあ。申しわけありません」

こちらに手のひらを向けたまま迷惑そうに言われ、あわてて謝った。

再び、沈黙が部屋を支配する。

綾乃はじっと、何ごとか考えこんでいた。無言の時間のあまりの長さに耐えられなくなり、昌彦はおそるおそる膝を進める。

「あの――」

「ねえ」

声をかけると、目を細めて何ごとか考えながら綾乃が言った。

「はい」

「ここの泉質って、ナトリウム炭酸水素塩泉だったわよね」

「……は？」

「答えなさい」

いきなり問われてきょとんとすると、じれた綾乃にあおられる。まさかいきなり温泉の泉質が話題に出るとは思ってもいなかった。

「え、えっと……はい、おっしゃるとおりです」

しどろもどろになって答える。

すると綾乃は、そんな昌彦をじっと見つめ、天井を見あげる。

「……？」

つられて昌彦も天井を見た。

なにもない。ときの腐食に耐えてきたシミだらけの天井があるだけだ。

「ナトリウム炭酸水素塩泉……」

天井を見つめ、独り言のように綾乃がつぶやく。

「弱アルカリ性の温泉……ナトリウムイオンが含まれているから、皮脂と結合すると清浄作用が生まれる。つまり、石鹸で肌を洗っているような感じ……たしかにお湯にはとろっとしたとろみがあったし……うん、いいんじゃないかしら……」

「お客様……？」

一人でブツブツとつぶやいている。綾乃は自分の世界に没入していた。昌彦は自分が置かれた立場も忘れ、「なんだこの人？」と奇異な印象を抱いていた。

2

「ねえ、社長」

頭の中が整理できたかのようだった。

綾乃はあらためて、じっと昌彦に向き直る。

「は、はい」

昌彦は居住まいをただした。

「手伝ってあげましょうか、この旅館と温泉郷の再生」

「……は？」

思いもよらない言葉に、昌彦は大きく目を見開く。

――手伝う？　なんのことだ。

話の展開についていけず、固まったまま綾乃を見た。すると綾乃は、近くに置いてあった鞄《かばん》を引きよせ、ゴソゴソとやりだす。

やがて、名刺らしきものを取りだした。

「手伝ってあげてもいいわよ。女の入浴を覗いているヒマがあったら、死ぬ気でこの宿の再生を頑張ってみたら」

言いながら、座卓の上で名刺をすべらせた。昌彦は座卓ににじり寄り、名刺を手に取り、再び距離をとる。

「――っ。お、温泉評論家？」

名刺に目を落とし、息を呑んだ。

瀬戸村綾乃という名前とともに、そんな肩書きがしるされている。

「温泉評論家だけじゃないわ。ちゃんと書いてあるでしょ」

よく読みなさいよねという感じで、綾乃は昌彦をあおった。たしかに彼女の言うとおりだ。名刺には、温泉評論家という肩書きといっしょに——。

「旅館コンサルタント」

思わず読みあげると、綾乃は「そう」と小さくうなずき、含み笑いとともに昌彦を見る。

「旅館コンサルタント。早い話が、ダメ旅館の再生請負人よ」

「ダメ旅館……再生請負人……」

思考を停止させたまま、言葉を反復した。綾乃は口角をつりあげて微笑み、身を乗りだして説明をはじめる。

彼女は、知る人ぞ知る温泉評論家だった。

全国津々浦々の温泉地を隅の隅まで歩いてまわり、体験した情報を、豊富な知識とともにネットで発信しているという。

「このとおりよ。嘘じゃないでしょ」

ノートPCを操作し、昌彦に液晶画面を向けた。昌彦は再びにじり寄り、食い入るように画面を見る。

たしかに綾乃のサイトのようだ。

本人の顔こそスタンプなどで隠され、名前も明かしていなかったが、各地の温泉をリポートして歩く彼女の足跡が、豊富な写真とともに紹介されている。

そんな熟女のブログには、温泉好きのファンやマニアが、若い女性を中心に何万人もついているという。

そうした彼女のマニアックな知識と実体験、女性ならではのリアルな視点と企画力は、さびれた温泉地の関係者から熱い注目を浴びていた。

乞《こ》われて手伝ったことがあったのをきっかけに、今ではフリーの旅館コンサルタントとしても、活躍する日々だという。

「そんな私が言うんだから、間違いないと思ってもらっていいわよ。この温泉郷、絶対にこんなものでは終わらないはずだから」

唖然とする昌彦に、自信満々で綾乃は言った。

「なにしろここ、タイムスリップでもしてきたみたいじゃない」

「タイムスリップ？」

「ええ。とにかく、目にするもののすべてが、時代遅れ」

「……誉めていただいているのでしょうか」

素朴な疑問を口にした。しかし綾乃は柳に風だ。

「この感じって、いわゆる昭和レトロってことだと思うのよね。それとも、大正ロマンなのかしら」

「いや、さすがにそこまで古くは……」

あごに指をあてて考えこむ綾乃にあわてて言った。

たしかに彼女の言うとおり、昭和レトロな風景満載の、時代遅れな村である。

村にある郵便ポストなど、昭和二十四年から新しい鉄製ポストとして実用化されたという「郵便差出箱一号（丸型）」のままである。

村そのものが令和という時代から完全に取りのこされていた。だがそこに、起死回生の芽があるのだと綾乃は言う。

「とにかく、死ぬほどレトロじゃない。そこがいいのよ。新しいものなんて、その気になれば誰だって作れる。お金さえあればね。でも、こういうクラシカルなものって、そうはいかないでしょ。希少価値が高いし、そこにプラスアルファの魅力をつけくわえれば、癒やしを求めて集まってくるお客、絶対にいると思うわよ」

「プラス……アルファ、ですか？」

ずっと寡黙《かもく》な女性だったのに、人が変わったようだった。綾乃は目を輝かせ、立て板に水のごとく語りかけてくる。

「そう。プラスアルファ」

ピンと立てた指の先をこちらに向け、意味深長に微笑んだ。

「なんだと思う」

「さ、さあ。そう言われましても……」

「ここを再生させる方法、知りたくない？」

もったいぶって、綾乃は小首をかしげる。

細めた瞳が色っぽく潤んでいた。含み笑いをする朱唇は肉厚で、熟れた女ならではのセクシーな色香をアピールする。

「それは、まあ……」

綾乃の色っぽさにうろたえつつ、正座をしたまま返答に窮した。

全国各地で実績をあげているという旅館コンサルタントが、アイデアを語って聞かせてくれているのだ。

倒産一歩手前の宿の主が、興味をおぼえないはずがない。

「教えてほしい？」

そんな昌彦に、ダメ押しのように綾乃は聞いた。

思わぬなりゆきに動揺しながらも、昌彦は居住まいを正し、「はい」と答える。

「そう。だったら……」

綾乃はいちだんと目を細めた。昌彦を見つめる。色っぽく微笑む口もとにローズピンクの舌先が飛びだした。

「まずは私の身体……鎮《しず》めてくれる？」

ほんのりと美貌を紅潮させ、甘ったるい声で綾乃は言った。

「……はあっ⁉」

見つめあったまま、しばし言葉もなかった。綾乃の言葉を脳裏で何度も反芻《はんすう》させ、とうとう昌彦は飛びあがる。

「し、鎮めてくれるかって……あの、あのあの、あの⁉」

「鎮めてもらわないと困るの。迷惑しているのだから」

目を白黒させる昌彦に対し、綾乃はどこまでもマイペースだ。

座卓に手をつき、立ちあがる。

卓の周囲をぐるりと回り、昌彦に近づいてくる。

昌彦は硬直した。

畳から尻を浮かせかけたまま、綾乃を目で追う。

綾乃は昌彦の近くに立つと、結んでいた羽織の紐《ひも》をほどき、

「男の人に裸を見られてしまったと思ったら、なんか、いたたまれなくなってしまっ

て。どうせ、いやらしいことをしながら見ていたんでしょ」

なじるように昌彦に言う。

「い、いやらしいこと？」

「ち×ちんしごいたりとか」

「――っ。していません、そんなこと」

思わぬ濡れ衣《ぎぬ》に、たまらず声をうわずらせた。

「嘘おっしゃい」

しかし綾乃は馬耳東風《ばじとうふう》だ。

「分かっているのよ。ち×ちんおっきくして、こそこそとしごきながら私の裸を見ていたんでしょ」

「お客様」

「どうしてくれるの。そんな風に裸を穢《けが》されたと思ったら……身体が火照ってしまったじゃない」

「あっ……」

悪いのはあなたなんだからと言いつのり、足もとに羽織を落下させる。

いったいなんだ、この展開は。

パニックになり、息をすることすら昌彦は忘れた。

そんな宿の主に遠慮会釈もあらばこそ、つづいて綾乃は浴衣の帯を昌彦から目をそむけてスルスルとはずす。

「ひどい人。ほんとにいやらしい」

「あ、あの、お客様――」

「綾乃さんでいいわ」

動転する昌彦に綾乃は答えた。足もとに、とぐろを巻いた蛇さながらに、浴衣の帯がハラハラと落ちる。

はだけそうになった浴衣の胸もとを、両手で押さえた。昌彦を見る。その目は、明らかに、誘っていた。

（ええっ……？）

「ビジネスパートナーになろうとしているのだもの。名前で呼んでくれてかまわない。て言うか、そんなことより……」

長い睫毛《まつげ》を物憂《ものう》げに伏せた。昌彦から視線をはずし、恥ずかしそうに、せつなげに、肩から浴衣をすべらせた。

3

（うおおおおっ！）

「あぁん、ひどい人……なんの罪もない女に、こんな恥ずかしいまねをさせて……」

綾乃は非難するように昌彦を見た。

切れ長の瞳がねっとりと、艶めかしい潤みを示している。

「あ……ああ……」

昌彦は、もはや言葉もない。突然現れた眼福《がんぷく》ものの光景に呆《ほう》けたように口を開け、あうあうと顎をふるわせる。

綾乃は素っ裸だった。

浴衣の下にはブラジャーどころか、パンティすらつけていなかった。つまりついさっき風呂場で目にした光景が、再び目の前に再現された。

「お、おきゃ、お客様」

「だから、綾乃さんでいいって言ってるでしょ。さあ、布団を敷いて」

「あ、あの……」

「敷きなさい、早く。どこまで女に恥ずかしい思いをさせれば気がすむの」

美貌を真っ赤にして、綾乃は怒鳴った。

否も応もない。昌彦は飛びあがり、押し入れに駆けよった。

俺はいったいなにをしているのだ。この展開はいったいなんだ。

頭の上にはクエスチョンマークがいくつも飛びだしている。しかし、色っぽく頬を染めて睨んでくる綾乃に、とにかく従うしかすべはない。

いそいで畳に床を延べた。

手がふるえ、なにをするにもぎくしゃくとする。だが、なんとかひと組の布団をしっかりと敷いた。

「裸になりなさい、あなたも」

「お客様」

「なりなさい。ならないと、さっき覗き見したことを訴えるわよ」

「そんな。そんな、そんな。おおお……」

そんなまねをされては、それこそこの世の終わりである。この三浦家は廃業となるだろう。

昌彦は、大急ぎで命じられたとおりにした。背中に家紋の染められた半纏《はんてん》を脱ぎすて、スラックスを脱ぎ、ワイシャツもむしりとる。

つづいて下着も全部脱いだ。露出したペニスがブラブラと、ふりこのように股間で揺れる。

「まあ……」

肉棒は縮こまったままだ。

それでも綾乃はそこに目をやり、驚いたように息を呑む。

勃起すると、十七センチほどにもなる、まがうかたなき巨根である。エレクトしていなくても、大きさは規格はずれだった。

「どうして勃起していないの」

綾乃は取りつくろうかのように、口ごもりつつ昌彦をなじる。色っぽい挙措《きょそ》で布団へと近づき、掛け布団を剝《は》いで白い敷布に仰臥《ぎょうが》する。

「ど、どうしてと……申されましても」

「こんないい女が、また裸になってあげているのよ。あなたがお風呂でち×ちんしごきながら覗いたりするから、こっちまで変になっちゃっているの」

昌彦から目をそらし、綾乃は文句を言う。

仰向《あおむ》けになったまま、胸も股間も隠そうとしない。平らにつぶれたおっぱいが、プリンのようにフルフルと揺れた。乳房の頂《いただき》ではピンクの乳首が、半勃《はんだ》ち程度にまでなっている。

そんな乳首を大きな乳輪が、粒々を浮かべて縁取っている。もっさりと股間をいろどる剛毛は、やはり見事な迫力だ。

高貴さを感じさせるクールな美貌なのに、デカ乳輪も剛毛も、なんとも言えない生々しさ。そのギャップも相まって、破壊力満点のエロスをかもしだしている。

「くぅ、お客様」

昌彦はうめいた。

「綾乃さんだって言ってるでしょ、しつこいわね。そんなことだから、覗きをしながら、ち×ちんしごいちゃうのよ」

「わ、私、けっしてそんなことまでしていたわけじゃ」

「いいから早くなんとかして」

躍起になる昌彦に、じれたように声を荒げた。

「ねえ、分かってる？　私、裸になっているのよ。しかも、誰もが気やすく見られるような安っぽい裸ではないわ。そんな私が、まさかこれっぽっちも恥ずかしくないとでも思っていて？」

「あ……」

「早くなさい。この野暮天《やぼてん》」

熱でも出たように美貌を火照らせ、つきあげる勢いで綾乃は言う。

彼女が羞恥を感じているというのに嘘はないと昌彦は思った。勝ち気な美貌は所在なげに、潤んだ瞳を泳がせる。

それなのに、いったいなんだ、この大胆さは。

(や、やるしかない)

あれよあれよという展開に、正直心は追いついていない。

しかし昌彦は、やむなく自分の背を押した。白状するなら、またしても綾乃の裸を見たことで、淫らな欲望が高まってきている。

めったに拝めない極上の裸身で誘われては、立場も忘れて鼻息が荒くなる。

「お、お客さ……あ、あ、綾乃さん」

フラフラと綾乃に近づいた。

熟女の身体からは、風呂上がりならではのいい匂いがする。視覚的な刺激だけではなく、嗅覚でも情欲を刺激された。

ええいままよと、裸の美女にむしゃぶりついた。

「あぁん……」

綾乃の裸身は温かかった。やわらかくもあった。肌の表面はひんやりとしていても、驚くほどの熱を内側から伝えてくる。

「綾乃さん。はぁはぁ……いいんですね。ほんとにいいんですね」

リアルな女体の熱と感触に、ますます昌彦は我を忘れた。

艶やかな女体に、さらに乱暴におおいかぶさる。もう一度、彼女の意志をたしかめつつ、本能のまま、両手でふにゅりと乳房をつかむ。

「ンッハアン」

(おお、やわらかい！)

鷲づかみにしたおっぱいは、マシュマロのようだった。とろけるような感触とともに、浅黒い指をズブズブと、乳をはずませながら受けとめる。

「おお、綾乃さん。わ、私……こんなことをしてしまったら……ほんとに……」

……もにゅもにゅ。もにゅ。

「あぁン、い、いや……なにをするの……いやあ……」

「えっ。なにをするのっておっしゃられても」

いやがって悶えてみせる綾乃に、昌彦は乳を揉む手をストップさせる。そして、困惑したまま綾乃を見る。

「だから、やめなくていいの。揉みなさい。ほんとに野暮天なんだから」

すると綾乃は、じれた様子で昌彦に命じた。

「は、はい」

昌彦はうろたえつつ、再び乳を揉みしだく。

「あっ、はぁぁン。ああ、やめて……なにをするの、なんの罪もない弱い女に……」

(や、やめちゃだめだ。やめちゃだめだ)

思わず手を止めそうになり、心中でかぶりをふった。

どうやら強引に手ごめにされる、か弱い女の設定が望みのようだ。自分で求めておきながら、なんとわがままな女だろう。

(くっ……)

だが今の昌彦は、抗議などできる立場にない。

ほんの出来心がわざわいし、出歯亀しながらこっそりと自慰までしていたことにされてしまった。

そうかと思えば、今度は無力な女性に襲いかかる暴漢の役を強要されている。

(情けない。でも、おおお……)

忸怩《じくじ》たるものはたしかにあった。

しかし牡《おす》の本能が、少しずつ理性を凌駕していく。

やわらかな乳をまさぐればまさぐるほど、下腹の奥からムラムラと、まがまがしく熱いものが、マグマのようにせりあがってくる。

「はぁはぁ……綾乃さん……」

「なりきりなさい。女にみなまで言わせないの。あなたは罪もない女性客に狼藉《ろうぜき》を働く宿の店主。いっぱい私をはずかしめながら、強引に、女の操《みさお》を――」

「あ、綾乃さん」

「あっはあぁん」

昌彦は、熟女の乳首にむしゃぶりついた。そのとたん、強い電流でも流されたように、綾乃はビクンと身をふるわせる。

「綾乃さん。綾乃さん」

……ちゅうちゅう。ちゅぱ。

「うあああ。や、やめて。ああん、そんな……なにをするの。私はお客よ。ああん、そっちまで。あああ……」

狂おしく、二つの乳首を交互に吸い、れろれろと舌で舐めころがす。もちろん両手でこねるように、たわわな乳をまさぐりながら。

どうやら敏感な肉体のようである。

本人が言うとおり、昂《たか》ぶっているのかも知れなかったが、いずれにしても感度は良好で、おもしろいほど反応する。

ビンビンと指で乳首をはじいてみせれば、背中はおろか尻まで跳ねあげ、かなり激しくバウンドする。

「あああああん。あん、あああん。や、やめなさい、大声出すわよ。あっあっ。こんなところで出してもムダかも知れないけど、大声出すわよ。ムダかも知れないけど」

「そ、そうだよ。ムダだよ、綾乃さん。はぁはぁ……」

(そう言えってことだよな)

責めたてているのは自分のはずなのに、手のひらで転がされている気もなきにしもあらず。

しかし綾乃の望むことが、少しずつ分かってきた気もしている。沸騰しはじめた牡の血が、それ以上、言われなくても身勝手な狼藉男の芝居をさせる。

「い、いくら叫んだって、だ、誰も来やしない。あきらめて、おとなしくするんだ。ああ、それにしても……エロい身体！」

「ああああ」

昌彦は、どんどん望まれたキャラになっていく。

二つの乳の頂を唾液でドロドロに穢しきるや、一気に女体を下降して、股の付け根に陣どった。

「い、いや。だめ。だめだめだめ。許して。きゃあああ」

綾乃はもうノリノリだ。

男の力に征服される、はかなげな女になりきっている。

そんな綾乃の過剰な演技に、昌彦もさらに昂ぶった。冷血な宿の店主の役割を、のめりこむように演じていく。

「はぁはぁ……だから、騒いでもムダですよ、綾乃さん！」

「いやあああ」

暴れる両脚をすくいあげ、身も蓋《ふた》もない格好にさせた。

下品もいいところの大股開き。

M字に開かせたむちむち美脚を、胴体の真横に強引に並べる。

4

「いやあ。やめて。やめてください。誰か。誰かあああ」

綾乃は悲痛な声をあげ、渾身《こんしん》の力で暴れてみせた。ひしゃげた乳がたぷたぷといやらしく躍って乳首を揺らす。

（なんだか、すごく興奮してきた！）

背筋をゾクゾクと鳥肌が駆けあがるのを昌彦は感じた。

虚実が反転し、これは演技などでなく、現実に起きていることのように思えてくる。

「はぁはぁ……あ、綾乃さん。オマ×コ舐めてやりますよ。そらっ」

「あああ……」

あらがう熟女を押さえつけ、股の付け根にふるいついた。突きだした舌を、思いきりピンクのワレメへとえぐりこむ。

「きゃあああああ」

すると綾乃は、この日一番の悲鳴をあげた。ビクンと背すじをのけぞらせ、我を忘れた声をあげる。

しかも、それだけではなく――。

(えっ)

……ビクン、ビクン。

秘唇に舌を突きたてただけなのに、裸身を痙攣《けいれん》させていた。驚いて顔を見ると、綾乃は視線をいやがるように、右へ左へと顔をふる。

「綾乃さん……」

「いや……み、見ないで……違うの……私、いつもはこんなじゃ。あああ……」

それは、明らかに演技などではなかった。綾乃は本気でアクメに突きぬけ、恥じらいながら絶頂の痙攣をつづけている。

(やっぱりこの人、すごい敏感だ)

昌彦は確信した。

股間がズキズキと甘酸っぱくうずく。見ればペニスはいつの間にか、雄々しく天を向いていた。

綾乃の命令ではじめたはずのことなのに、ドクン、ドクンと脈動し、度しがたいまでの欲望を見せつける。

「くぅ……なんだかんだ言いながら、興奮しているんじゃありませんか」

邪悪な支配者を嬉々として演じ、綾乃をからかった。白い内腿《うちもも》に食いこむ指が、自然にギリギリとまがまがしさを増す。

「そ、そんな。私、興奮してなんか。あなたみたいな穢らわしい男にこんなことをされて、どうして興奮なんか――」

……ピチャピチャ、ピチャ。

「うあああああ」

恥じらいにかられて罵倒する熟女に、最後まで言わせはしなかった。再び肉割れにむしゃぶりつき、舌を躍らせてクンニリングスをする。

「あああ。うあああ。ああ、やめて。舐めないで。穢らわしい。やめな……あっあっ……やめなさ……あっああ。うあああああ」

粘膜の園を舐めまくられ、綾乃はさらにとり乱した。

昌彦を痛罵の言葉でなじろうとしつつも、局所を舐められる悦《よろこ》びに、女の本能があらがえない。

「なんですか、綾乃さん。そのいやらしいあえぎっぷりは。はぁはぁ……なんだかんだ言いながら、メチャメチャ感じているじゃないですか。んっ……」

言葉でも熟女を責めながら、昌彦は舌を躍らせる。卑猥なぬめりをはっきりとさらす蜜粘膜を、嗜虐心《しぎゃくしん》を露わにして舐めたてる。

「ああン、そんな。やめなさい。やめて……あっあっ、ああ、そんなこと……私はそんなことしていい安い女じゃ……あっあっ。あああ。ああああああ」

(す、すごく感じてる)

悶える熟女を組み敷きつつ、昌彦は鳥肌を立てた。

綾乃の蜜裂は、目にするだけで股間がうずく、艶めかしい眺めをさらしている。

いやらしく縮れた黒い毛が、秘丘をいっぱいにおおっていた。昌彦の顔とこすれるせいで恥毛がそそけ立ち、もっさりした感じが増している。

そんな剛毛を押しのけるように、二枚のラビアが飛びだしていた。ビラビラは左右に分かれるようにめくれ、ぬめる粘膜を露出させている。

露わになった粘膜は、鮮烈なサーモンピンクを見せつけた。下部に膣穴《ちつ》の窪みがあり、あえぐかのようにひくついている。

「あああん。あああああん」

舐めるたび、膣のひくつきはいちだんと激しくなった。

そればかりか、いやらしく煮こんだ濃い汁を、ブチュリ、ブヂュチュとあふれ出させる。

「おお、すごい。綾乃さん、スケベな汁が泡立ちながら出てきましたよ。ほら、こんなに……」

甘酸っぱい香りを放つ愛液に、牡のサディズムを刺激された。美熟女にガニ股姿を強要し、昌彦は口をすぼめて膣穴に吸いつく。

……んぢゅる。

「ひいい。んああ。ああ。なにをするの。すすらないで。ああ、だめえええ」

ストローで、ジュースでも吸引するように、穴から愛液をすすりたてた。ドロッとした液体が次から次へと口中に飛びこみ、頬の裏に、喉の奥にと粘りつく。

「うあああ。すすっちゃだめ。お願い。しびれちゃう。ああああ」

(すごい)

……ぢゅるぢゅる。んぢゅっ、ちゅちゅ。

「あああ。か、感じるンン。気持ちいい。だめだめだめ。ばかばか。あああああ」

……ぢゅぢゅぢゅ。んぢゅちゅちゅっ。

「ああああ。これだめ、我慢できない。イッちゃうンン。ああああ」

「わわっ」

……ビクン、ビクビクッ。

「おお、綾乃さん。また……イッた……わたたっ」

二度目の絶頂は、一度目以上の乱れっぷりだ。

ものすごい力でバウンドし、昌彦をふり飛ばした。

5

「あう。あう。あう」

「おおお……」

綾乃は裸身を痙攣させ、右へと左へと身をよじる。

重たげなおっぱいが形を変え、乳肌にさざ波を立てた。太腿の肉がふるえ、ふくらはぎが締まっては、弛緩《しかん》する動きをくり返す。

「はぁはぁ……はぁはぁはぁ……」

「い、いやらしい……こんなに感じて……」

「あああ……」

痙攣をつづける綾乃の目は、ドロリと妖《あや》しく濁っていた。小顔が紅潮していたが、瞼の縁の生々しい赤味は、こちらまでゾクッとくるほどだ。

（こいつはたまらん）

脳味噌を、淫らな激情が支配した。

これはよからぬ罠ではないのか——注意をうながすもう一人の自分もいたが、衝《つ》きあげられるような欲望が、はるかにその声を上まわる。

「綾乃さん」

「あぁアン……」

熟女の痙攣はなかなか終息しなかった。そんな綾乃をうつ伏せにさせ、腰を引っぱって四つんばいにさせる。

見事に実った大きな尻が、挑むかのように突きだされた。

バレーボールが、二つ仲よく並んでいるかのような双臀《そうでん》。臀丘がひとつにつながる渓谷の底では、鳶《とび》色の肛門がヒクついている。

Gカップのおっぱいが、釣り鐘のように伸びて揺れていた。乳の先ではピンクの乳首が虚空にジグザグのラインを描いている。

昌彦は綾乃の背後ににじり寄った。ペニスを手にとり角度を変えようとする。

（おお……）

自分の勃起のすさまじさに、思わず心で嘆声をあげた。こんなに雄々しく勃ったのは、久しぶりではないだろうか。

「くぅ、綾乃さん……」

灼熱の男根を手に取り、無理やり先っぽを女陰に向けた。棹《さお》の天部が突っぱって、ほどよい痛みを放っている。

「あぁン。いや、やめて……ああ、犯されちゃう、はぅンン……！」

亀頭でラビアをかき分けた。ぬめる膣穴に亀頭を押しつける。

綾乃は無力な女を演じた。

だが悲しげな言葉とは裏腹に、またしても股間の肉穴からは、ブチュブチュと濃い蜜が分泌する。

「あ、綾乃さん。うおおおっ……」

両脚を踏んばり、綾乃のくびれた腰をつかんだ。頭の芯をぼうっとさせながら、昌彦は前へと腰を突きだした。

……ヌププッ！

「うあああ」

「うおっ……ああ、すごいヌルヌル。おおお……」

細い腰に、たまらず指が食いこんだ。

肉棒が飛びこんだ粘膜の園は、思っていた以上の潤みに満ちている。

ペニスを進めれば進めるほど、ねっとりとしたぬめりに包みこまれた。その上極太を受け入れたそこは――、

（せ、狭い）

思いがけない狭隘《きょうあい》さも感じさせた。

「うお、おっ、おお……」

「はぁん。あっあああ」

綾乃の膣は艶めかしく蠕動《ぜんどう》し、昌彦の怒張におもねるようにまつわりつく。

緩急をつけた締めつけかたで揉みほぐされ、甘酸っぱい快美感が股間から全身に広がった。

「おお、綾乃さん！」

根元まで男根を埋めたときには、もういっときだってじっとしていられなくなっていた。

くびれた腰をつかみ直す。猛然と、昌彦は腰をしゃくりだした。

……ぐちゅる。ぬぢゅっ。

「あああ。ああ、やめて。許して。あああああ」

そのとたん、綾乃の喉からほとばしったのは、それまで以上にとり乱した嬌声《きょうせい》だ。背筋をのけぞらせ、細い顎を天に上向け、感極まった声をあげる。

「ああ、だめ。どうしてこんなひどいことを。こんなこと、あなたとしたくない。したくない。ああああ」

(う、嘘つかないで。こんなにオマ×コを濡らしているくせに)

「綾乃さん。じゃあ、なんですか、このいやらしく濡れたマ×コ肉は。んん?」

哀れな女を演じる綾乃に、こちらも嗜虐心が増した。

ググッと両膝を布団に埋め、ひときわ激しく腰をしゃくって――パッシィィン!

「あああ。な、なにをするの。そんな奥まで。そんなことしちゃ、だめだめだめ」

亀頭で子宮を深々とえぐると、綾乃はさらに背すじをしならせ、身も蓋もないあえぎ声をあげる。

何だかんだと言いながら、気持ちがよいだろうことは明白である。

それを証拠に子宮口は、突き刺さる亀頭を包みこみ、放さないとでもいうかのように、ムギュリムギュリと絞りこむ。

「おおお……そんなことしちゃどうしてだめなんですか。分かってますよ。こうされると、メチャメチャ気持ちいいんでしょ」

――パッシイィイン！

「あああああ」

「そうでしょ。気持ちいいんでしょ。そらそらそら」

(ああ、すごい声)

――パッシイィイン！　パッシイィイン！

「あああああ。どうしよう。困る、困る。あああああ」

「気持ちよくないんですか」

――パッシイィイン！

「うああああ。どうしよう。おかしくなっちゃう。ひどい男にひどいことされてるのに、私ってば、変にさせられちゃうンンン」

(もう好きに言ってください)

「ああ、綾乃さん！」

――パンパンパンパンパンパン！

「うあンあ、あンあン。ああ、すごい。すごいすごい。こ、こんなにいっぱいかき回されたら、いくら私がまじめな女でも。あああ。うああああ」

いよいよ昌彦のピストンは、ラストに向かってボルテージをあげた。

くびれた腰に指を食いこませてバランスをとる。

怒濤《どとう》の勢いで腰をふり、反動をつけたしゃくりかたで、膣奥深くにズンズンと亀頭の杵《きね》をえぐりこむ。

「あああ。うあああああ」

「いくらまじめな女でも、気持ちよくなっちゃいますか。感じてますよね、綾乃さん。オマ×コがこんなにヌルヌルと濡れて……ち、ち×ぽをいやらしく絞りこんで」

昌彦は天を仰ぎ、得も言われぬ恍惚《こうこつ》感にうっとりとした。

気を抜けば、すぐにも射精してしまいそうな快《こころよ》さ。蠢動《しゅんどう》する牝《めす》肉の刺激は尻上がりに高まり、すごい力で極太を何度も何度も締めつける。

（おお……）

あわてて肛門をキュッとすぼめた。搾りだされたカウパーが、尿口からあふれたのが分かる。

漏れたカウパーを膣ヒダに塗りつけた。カリ首を使ってヌチョヌチョと、ぬめり肉の凹凸《おうとつ》に、しつこく、いやらしく練《ね》りこんでいく。

「ああ、ひどい人。感じたくないのに感じちゃう。ひどいわ。私には夫が。でも、ああ、気持ちいい。気持ちいい。どうしよう。気持ちいい」

ついに綾乃は、白旗を揚げたように歓喜を露わにした。もはや演技をする余裕もないとでもいうかのように、尻だけをあげて布団に突っぷす。伸ばした手の先でシーツをつかんだ。もう一方の手はガリガリと、ピンクの爪でシーツをかきむしる。

（ああ、俺も気持ちいい）

昌彦は心で快哉を叫び、性器と性器を擦りあわせる悦びに恍惚とした。見れば臀裂の最奥部では、アヌスが絶え間なくひくついている。皺々《しわじわ》の肉のすぼまりが、あえぐかのようにいやらしく、収縮と弛緩をくり返す。

「おお、綾乃さん」

「ひいいぃ」

そんなアヌスの艶めかしさに、嗜虐心をこらえきれなかった。伸ばした指を秘肛に当て、カリカリ、カリカリとソフトにかく。

「ひいいい。ああ、なにをするの。いやン、お尻の穴にそんなこと。あああああ」

「すごい鳥肌……」

アヌスに刺激を注ぎこむや、全裸の熟女はさらにもう一段階、恍惚のボルテージをあげた。

薄桃色に火照る裸身に、ぶわりと大粒の鳥肌を立てる。ペニスを締めつける媚肉にも、せつない本心を訴えるような力が加わる。

……ムギュリ、ムギュギュッ。

「うおお。綾乃さんのマ×コ肉が、ち×ぽをこんなに締めつけて……も、もうだめです。出ます。もう出ますよ！」

上ずった声で言いながら、さらに激しく腰をふった。

とろ蜜肉にカリ首を擦りつけるたび、甘酸っぱさいっぱいの電撃がまたたく。

ひと抜きごと、ひと差しごとに射精衝動が膨張し、遠くからキーンという不穏な耳鳴りが聞こえてくる。

（ああ、たまらない！）

あまりの気持ちよさに、まともにものを考えられない。もっともっといつまでも、この快感をむさぼっていたかった。しかしそれでも、最後の瞬間は近づいてくる。

「あああ。か、感じるンン。あああああ」

ムズムズするような感覚を、膣ヒダに擦りつけるペニスの動きにこめた。

同時に指も卑猥に動かす。

アヌスの窄《すぼ》まりのなかに指先を入れ、入口近くの粘膜を爪の先っぽでほじる。

「あああ。お尻の穴、そんなにかかないで。あああああ」

「はぁはぁ……違いますよ、綾乃さん。かいてるんじゃない。ほじってるんです」

「えっ、ええっ？」

……ほじほじほじ。

「あああああ。ああ、お尻の穴、そんな奥まで。うあああああ」

「やや、綾乃さん。はぁはぁはぁ」

……ほじほじほじ。ほじほじほじほじほじ。

「あああ。き、気持ちいい。そこ。そこそこそこ。あああああ。ほじほじされると気持ちいい。ほじほじいいンン。アソコもお尻も気持ちいいの。もうだめ。もうだめええっ」

「はぁはぁ。はぁはぁはぁ」

高まりつづけた耳鳴りが、頭蓋内にまでぐわんぐわんと反響する。陰嚢《いんのう》で煮こみつづけたザーメンが、いよいよ勃起の芯の部分へとせり上がってくる。

(ああ、イク！)

「あああ。あああああ」

「おお、綾乃さん。もうだめだ。イキますよ」

もはや肛門など、責めてはいられなくなった。

もう一度、ガッシと腰をつかみ直す。猛然と腰をしゃくっては、膣ヒダにカリ首を擦りつけ、膣奥深くをズズンとうがつ。

「あああ。あああああ。アァン、私もイッちゃう。もうだめ。だめだめ。ああああああ」

「おお、イク……」

「うあああああっ。あっあああああああっ！」

──どぴゅどぴゅ！　びゅるる。どぴぴぴ！

ついにアクメの稲妻に、脳天からつらぬかれた。白濁していた脳内が、完全に真っ白になる。

天空高く、打ちあげられたかのようだった。

胸がすくようなカタルシスに、ここまでのなりゆきも忘れて耽溺する。

(気持ちいい……)

「あっ……あああ、すごい……社長ってば……あぁぁん……」

「……あっ。綾乃さん」

うっとりと、射精の悦びに浸りきった。

そんな昌彦を現実に引き戻したのは、熟女のうめき声である。

気がつけば、綾乃は布団に完全に突っ伏していた。昌彦は裸の人妻に重なる形で、彼女におおいかぶさっている。

裸の肌は、汗でしっとりと湿っていた。綾乃はビクビクと痙攣し、昌彦と同様、アクメの快感に酩酊《めいてい》している。

「は、はうう……あぁン、すごい……温かい、ものが……あっ、はあぁぁ……身体の奥に……いっぱい……いっぱい……あぁぁ……」

「うう……」

ドロリと瞳を濁らせて、膣に精液を注ぎこまれる被虐の悦びに溺れていた。

中出ししてしまってよかったのかなと、今ごろになって理性を取りもどす。

だが、ときすでに遅しとはこのことだ。

しかも、綾乃は怒っているふうでもない。

「犯されちゃった……な、なんだかこういうの……久しぶりだわ……ウフフ……」

なおも裸身をふるわせつつ、色っぽい笑顔になった。

熱でも出たように美貌を火照らせる熟女は、なんともいえず愛らしかった。

第二章　バツイチ美女のよろめき

1

「いらっしゃいませ！　三浦家にようこそ」

客を迎える昌彦の声には、我知らず活気がみなぎっていた。

だが、それも無理はない。

宿のリニューアルは大成功だった。

たった五室の室数でも以前はガラガラだったのに、再オープン後は二か月先まで、すべての部屋が埋まっている。

「ありがとうございます。どうぞ、そちらでおくつろぎください。ただ今ウエルカムドリンクとお菓子をお持ちいたします」

帳場で手続きをすませた女性客に、昌彦はロビーのソファを勧めた。

三十代らしき二人連れだった。

昭和レトロな宿の内装を物珍しげに見ながら、二人はフロント前の小さなロビーに移動する。

「遠いところ、お疲れさまでした。さあ、とりあえず喉を潤おしてください」

阿吽《あうん》の呼吸とでも言いたくなるほどだった。

いいころ合いに、着物姿の美しい仲居《なかい》が、客たちにコーヒーと菓子を運んでくる。

綾乃だった。

昌彦の片腕となった美熟女は、温泉の知識だけでなく宿の業務にも精通していた。

最低限のことをレクチャーしただけで、リニューアル後は仲居として、見事に宿の切り盛りを手伝ってくれている。

(すごいもんだな)

絨毯《じゆうたん》に膝をつき、コーヒーを飲む女性客にかいがいしく宿の説明をする綾乃に、昌彦は心中で嘆声をこぼした。

この仕事をはじめてからまだ日は浅いのに、十年選手かと思うような落ちついた物腰で客の相手を務めている。

（ありがとうな、綾乃さん）

そんな綾乃を見ながら、感謝の言葉を心でつぶやいた。

まさに、神さま、仏さま、綾乃さまである。綾乃なしでは三浦家の、劇的な再生は絶対になかった。

──『つかれたあなたを癒やします、秘湯三浦家』。うん。このキャッチフレーズでいくわよ。

三浦家再生計画は、こんな綾乃のひと言で本格化した。ひと月と、ちょっと前のことである。

綾乃が提案した温泉宿のターゲットは、恋に傷ついた女性。

ほかの層には目もくれず、彼女たちだけに情報を発信して、宿を盛り立てていくわよと綾乃は言った。

──ごまんといるわ、そんな女性。恋に傷ついた女が、どれだけこの国にいると思っているの。

綾乃は自信たっぷりに昌彦に主張した。

──そんな彼女たちのささくれだった気持ちと、疲れた身体をこの宿で癒やしてあげるの。俗っぽい下界と隔絶した、ノスタルジックなこの村で、心に傷を持つ女性たちの心身の再生を応援してあげるのよ。

綾乃はそう言い、そんなにうまくいくのかなと気おくれのする昌彦の尻をたたいた。

そして、わずか一か月とちょっとという短期間で、さびれた宿が生き返りはじめた。

リニューアルの軍資金も、すべて綾乃の財布から出た。

なんと、夫は資産家だというではないか。

お金なら、いくらだって出してあげると綾乃は言った。温泉三昧《ざんまい》の放蕩《ほうとう》な暮らしも、浮気ばかりしている夫への当てつけだという。

その代わり、なにがあってもリニューアルは成功させてよねと、綾乃は昌彦にプレッシャーをかけた。

そんな熟女に「リニューアルをするのなら、宿も少しは改装したほうがいいのではないか」と昌彦は意見したが、綾乃はそれを一蹴した。

——掃除をして、きれいにするだけで十分よ。昭和の昔の下宿屋みたいな、こんな建物が今ごろどこにあるっていうの。むしろ、このクラシカルな雰囲気を武器にしなきゃ意味がない。大事なのは、宣伝のしかたよ。

そう断言し、綾乃はあっという間に、三浦家のＷｅｂサイトを完成させた。

スマートフォンを片手にあちこち飛びまわり、館内や宿の外観はおろか、村の各所の風景まで、あれこれと写真におさめた。

そんな写真の数々を、センスよくまとめたホームページにアップし、まるでこの世の楽園のような、特別な宿をネットの中に創出した。

集客のためのキラーコンテンツとなったのは、綾乃が運営するブログである。

「あまりにステキで一週間も滞在してしまった」などと、大盤ぶるまいの猛プッシュをしてくれた。

その結果、綾乃を支持する女性たちが、我も我もと問い合わせをしてきた。あっという間に客室は、すべて先々まで埋まっていった。

綾乃の仕事ぶりは、神がかりとしか思えなかった。

その間、昌彦がしていたことと言えば、魔法使いのような綾乃の活躍をまぶしい思いで見ていたぐらい。

いや、彼女の厳しい指導のもと、お客に施すマッサージの技術を学んだか。あと、綾乃にしっかりと意見され、料理のメニューの改良もし、趣向を凝らした。

そして、季節は四月。昌彦の環境は激変し、宿にははじめてと言ってもいいようなにぎわいが訪れていた。

ちなみに綾乃は、昌彦の自宅で共同生活を送っていた。だが身体の関係があったのは、あの夜が最初で最後である。

あの夜の一件を、綾乃は決して話題にしようとしなかった。

昌彦も、あえて口にはしなかった。

魅力的な美女との生活には落ちつかないものもあったが、欲望に負けて襲いかかるような非常識なまねもしなかった。

お互いに忙しく、それどころではなかったという言い方もできる。

しかも綾乃は人妻でもあった。

ちなみに夫は、かなり年上のようである。資産家で生活には余裕があり、歳の離れた妻のことも、自由にさせているという。

「あ……いらっしゃいませ！」

予約リストに目を落とし、今日の客はあと一人だなと思っていたところだった。玄関の引き戸が開き、女性客が玄関ホールに姿をあらわした。

（あっ……）

帳場から飛びだし、彼女を出迎えようと近づいた。だが昌彦は、仕事も忘れてハッと息を呑む。

「こ、こんにちは……」

広いとは決して言えない三和土《たたき》に立ったその客は、はにかんだように微笑んだ。

すらりと細身の、はかなげな美しさを持つ女性である。

春田香澄《はるたかすみ》、三十四歳。

モデルのように伸びやかな肢体を、白いブラウスと濃紺のスカート、春らしい桜色のスプリングコートに包んでいる。

男なら思わずふり返る端正な美貌を、肩まで届く栗色の髪が、艶めかしいウェーブでいろどっていた。

スカートのすそから覗く長い脚は、見事な美しさ。

胸もとの盛りあがりもほどよいあんばいで、スレンダーな全身から、上品な色香を放っている。

「い……いらっしゃいませ。あの、よ、ようこそ……ようこそ三浦家へ……」

昌彦は、必死に冷静になろうとした。

だが、登場した熟女のあまりの美しさにドギマギし、歓迎の言葉はうわずってふるえる。

香澄は昌彦のぶしつけな視線にとまどったようだ。長い睫毛をそっと伏せ、困ったように会釈をする。

「お疲れさまでございました。さあ、どうぞお上がりください。あっ、お荷物、お預かりいたします」

すかさず綾乃が、自然な感じでサポートに入った。二人の間に割って入り、香澄のスーツケースを笑顔で受けとる。

(申し訳ない)

チラッと見つめる和装の綾乃に、目顔であやまった。綾乃は「しっかりしなさい」とばかりに、やんわりとにらむ。

「さ、さあ、こちらへ」

昌彦はぎくしゃくと顔に笑みを貼りつけ、中へと香澄をいざなった。

2

(なんだか、夢みたいだな)

翌日。

秘湯の村には抜けるような、青い空が広がっていた。綿菓子によく似た白い雲が、ゆっくりと空を移動していく。

よく晴れた陽気だった。まだ午前中なため、大気はピリッと澄んでいる。

「………」

昌彦は心臓をうち鳴らしながら、並んで歩く美女をチラッと見た。

香澄である。

相変わらずの、目のさめるような和風の美貌。

もの珍しげに村の風景に目をやっては、感激した様子でスマートフォンをかまえ、カメラのシャッターを切っている。

今日の香澄は、藍《あい》色のワンピースにスプリングコートをあわせていた。惚《ほ》れ惚《ぼ》れするようなスタイルの良さは、いっそまぶしいほどである。

「すごい田舎《いなか》でしょう。びっくりなさっているんじゃないですか」

自虐的に微笑み、昌彦は言った。

村の景色は、春の到来とともに少しずつ緑に変わってきていた。木々が芽吹《めぶ》き、日に日に葉の色が鮮やかさを増している。

低い山が、どんぐりの背比べのように高さを競いあっていた。

桃の花が、村のあちこちで薄紅色の花を咲かせている。

クサボケのめだつ赤やタチツボスミレの淡い青さも、木々や草の緑とあいまって、じつに美しい。

「ええ、正直、とても驚いています」

昌彦の問いかけに、香澄は柔和に微笑んだ。

「でも、決して悪い意味で驚いているんじゃないです。こんなステキな場所が、まだ日本にあっただなんて。まあ、こんなポストまで……」

手つかずの自然の中をくねる、緩やかな坂道を並んで歩いていた。

香澄は嬉々として、昔ながらの雑貨店の前にある、丸形のポストに駆けよっていく。ヒールの音がコツコツと、コンクリートの道路にひびいた。

昭和二十四年から実用化されたという、例の「郵便差出箱一号（丸型）」である。たしかに今どき都会では、そう簡単にお目にはかかれまい。

「よかったら、写真お撮りしましょうか」

昌彦は申し出て、スマホを受け取ろうとした。

「えっ。いいんですか」

「もちろん。ただし、あまりうまくないかも知れませんけど」

気さくに言ってみせると、香澄は恐縮しながらスマホを手渡した。

恥ずかしそうにポストの脇に立ち、ポーズを作る。そんな美女に、昌彦はパシャパシャと何度かシャッターを切った。

色っぽい笑顔を、香澄は昌彦に向ける。

(やっぱりきれいな人だ)

昌彦は、とくとくと胸をうち鳴らした。

見とれてしまうとは、まさにこのこと。

昨日ひと目見たときから、もてなしをする人間にもあるまじき、波立つ思いを感じている。

――ちょっと、社長。なんでもいいけど、仕事だけはしっかりしなさいよ。

めざとく気づいたのは、やはり綾乃だ。

香澄の前ではぎくしゃくと、仕事が雑になりかける昌彦をやんわりと叱った。

そんなことは、言われなくても分かっている。

現に今日まで、綾乃のような美女がすぐそこにいる環境だというのに、脇目もふらず、仕事一筋に頑張ってきた。

それなのに、香澄を見たとたんこのざまである。落ちつけと、どんなに自分を叱咤《しった》しても、彼女と会うたびに浮きたった。

一方の香澄は、ときとともに、少しずつ村の環境になじんできた。

最初はオドオドとしていたが、食事をふるまったり、帳場やロビーで雑談に応じたりする内に、次第にゆったりとリラックスをし、口数も多くなってきた。

――Ｗｅｂサイトで紹介されていた、恋愛運があがるという神社に行きたいのですけど……。

香澄からそんな相談を受けたのは、綾乃だった。

昌彦は綾乃から「社長、案内してあげたら」と背中を押され、香澄と二人で宿から出てきたのであった。

村の氏神様《うじがみ》も、この宿のセールスポイントのひとつになっていた。

古い社《やしろ》は、なだらかな山の中腹にある。

三浦家からは、徒歩で十分ほどである。

のどかな里山を、香澄をエスコートしながら昌彦は歩いた。

村の人々が利用するスーパーや理容店、すでに店じまいをしたいくつかの旅館などを通過すると、深い木立に囲まれた神社があらわれた。

「ここが氏神様です」

昌彦はそう言って、神社を示した。

歴史の重みを感じさせる鳥居が、神域と外界をへだてている。昌彦は香澄をうながし、鳥居の前で一礼して、境内《けいだい》に足を踏みいれる。

拝殿は、階段をのぼった先にあった。

「まあ、かわいい神社」

階段をのぼりきると、そこに社があった。

古くて小さめではあるものの、長い歴史とともに、村民たちに大切に守られてきた神社である。

神職こそ常駐していなかったが、毎年一月一日には、境内の一隅にある社務所が開放され、社の御札が頒布された。

餅つき祭りも開催され、その日ばかりは多くの人出でにぎわったが、今は昌彦たち以外、境内には誰もいない。

「縁結びに効果があるのですよね」

年若い乙女《おとめ》のように瞳を輝かせ、香澄が聞いた。神聖なものに心奪われる雰囲気で、総檜《ひのき》造りの拝殿を見つめている。

「ええ、そうなんです」

昌彦はうなずき、古くからの言い伝えを香澄に語って聞かせた。

かつて一人の若い女性が、この世をはかなみ、ここで命を絶った。

身分の低い女性だった。

だが、そんな彼女のあとを追うように、女を愛していた高貴な男性が自害した。

二人は、次の世で結ばれた。

輪廻転生を果たし、それからはどんな時代、どんな世界に生まれようとも、必ず出逢って恋に落ち、添い遂げあって幸せに暮らした……。

この社は、そうした二人の魂《たましい》を鎮魂するために建立されたという伝説が、まことしやかに伝えられている。

「ロマンチックですね」

香澄は目を細めて話に聞き入った。

神社の説明が終わるとため息をつき、気持ちを切りかえるように拝殿に進みでた。

「……………」

昌彦はそんな香澄を見送り、距離をとって見守る。

こうして見ると、やはり抜群のスタイルだ。モデルの仕事をしていると言われたら、おそらく信じてしまうだろう。

香澄は賽銭箱《さいせんばこ》に賽銭を入れ、背すじを伸ばしてすっと立つ。

二礼、二拍手。

そして、長い祈り。

両手をあわせて瞼を閉じ、何ごとかをじっと祈っている。

（きれいだ）

そんな香澄の一挙手一投足に、昌彦はこっそりとため息をついた。

香澄は小料理屋の女将だった。

離婚経験があるようだったが、昨日から店を臨時休業にして、昌彦の宿にやってきた。

なにやらわけありのようだった。だが、くわしい話は分からない。

暗い影を持つはかなげな美貌が、この熟女のミステリアスな魅力を、よけい艶めかしく際立たせていた。

――話し相手になって、少しでも元気づけてあげるの。身体と心をリフレッシュさせる自慢の温泉と創作料理、真心のこもったマッサージ。それに加えて、真心のこもった会話があれば、寂しい女はコロッといくわ。

（コロッとねえ……）

そう簡単にはいかないだろうと苦笑しつつ、昌彦は綾乃が自信たっぷりに語ったことを思いだす。

香澄はようやく顔をあげ、あらためて拝殿に一礼をした。参拝を終え、上品な挙措で昌彦のそばに戻ってくる。

地面は剝きだしの土だった。ハイヒールでは、ちょっとばかり歩きにくいかもしれない。

「きゃっ」

「おっと」

案の定、香澄は脚をひねりそうになった。

バランスをくずし、前のめりになる。昌彦はあわてて飛びだし、香澄の身体を抱きとめた。

そんな昌彦の腕の中に、コート姿の熟女が飛びこんでくる。

「だ、大丈夫ですか」

細身の身体を受けとめた。

香澄は昌彦に抱きついて、すんでのところで転倒を回避する。

(て言うか。おお……)

やわらかな女体の感触が、昌彦の身体に生々しく伝わった。

香澄の肌は、ひんやりとしている。暖かさが日ごとに増しているとはいえ、やはりまだ肌寒いのであろう。

だが、身体の奥はほっこりとする温《ぬく》みに満ちていた。

長いこと、香澄を抱きとめていたので、ひややかな肌の内にある得も言われぬ温みに、胸の鼓動がさらに高まる。

「あっ……申しわけございません……」

言うなれば、不可抗力のような展開ではあった。だが、客の女性を抱きしめてしまっている事実に変わりはない。

こんなところを誰かに見られでもしたら、面倒なことになりそうだ。昌彦はあわてて、香澄から身体を放そうとした。

「……柚子《ゆず》」

すると、香澄がうっとりとした声で言う。

「えっ。あっ……」

それだけではない。

あろうことか、自ら手を回し、昌彦の身体を包みこむように抱きしめる。

「お、お客様」

「柚子の香りがします。いい匂い……」

どこかとろんとした感じの、甘い声でささやいた。昌彦の胸に小顔を埋め、もう一度「いい匂い……」と言う。

「こ、この冬に人からもらった柚子が、けっこうあまってしまいまして。いつものことなんですが、今年も柚子味噌をこしらえたんです。その作業のせいで、ちょっと柚子まみれになって。あは。あはは」

ぎこちなく身じろぎをしながら、無理やり笑ってみせる。しかし、なぜだか香澄は抱きついたまま、なかなか離れようとしない。

(どういうことだ)

さすがにまずいだろうと、やきもきしはじめたときだった。ようやく香澄は「あっ……」となり、はじかれたように昌彦から離れる。

「ごめんなさい……」

「いえいえいえ」

昌彦はかぶりをふり、目の前で手をふった。

香澄は柚子の香りにうっとりとしたようだが、逆にこちらは熟女の首筋から立ちのぼるフローラルな香りにくらっときていた。

「……むずかしいですね。生きていくって」

香澄は境内を歩きだした。

うつむき加減に歩を進め、せつない笑顔とともに言う。

「……なにか、お悩みですか」

熟女と歩調をあわせ、並んで歩きながら昌彦は聞いた。

昌彦の視線に臆《おく》するかのように、香澄はますますうなだれる。なにかを思いだし、色っぽく目元を潤ませた。

（ああ……）

そんな香澄の横顔は、ふるえがくるほど色っぽかった。力になってあげたいと、昌彦は心から思う。

「聞いてもらえますか」

やがて、意を決したように香澄はこちらを見た。

昌彦はこくりとうなずいて、真剣に熟女を見つめ返した。

3

香澄から、マッサージをお願いしたいと頼まれたのは、その夜のことだった。

「痛かったら、遠慮なく言ってくださいね」

昌彦はマッサージ師になりきり、それっぽい服にも着替えていた。

こんな美女の身体にタッチするのはおそれ多いなと思いながらも、これも仕事だと自分を叱咤している。

「はい、大丈夫です。んっ……」

香澄は宿の浴衣に着替え、敷き布団にうつ伏せになっていた。枕を抱きしめるようにして、そこに顔を埋めている。

香澄の客室。一階にある八畳の和室である。

食事も入浴もとっくに終わり、熟女はリラックスしきった感じだった。

湯上がりの頰をほんのりと薄紅色に染め、熟れた色香も三割増しほど、昼より強くなっている。

「ああ、気持ちいい……癒やされます……」

昌彦がマッサージをはじめると、枕に小顔を埋めたまま、放心したような吐息とともに香澄は言った。

「そうですか。なによりです」

昌彦はホッとし、やさしく答えながら、マッサージをつづけていく。

スレンダーな女体にまたがっていた。首から肩、肩から背すじへと、ていねいに圧をかけて凝りをほぐしていく。

香澄の肩の凝りは、特にひどかった。昌彦は時間をかけてゆっくりと、強烈なこわばりをほぐしてやった。

――ほどよい力加減で、相手に「痛気持ちいい」と思わせるぐらいね。

頭の中に、綾乃の言葉がよみがえる。昌彦は綾乃に実験台になってもらい、何度もマッサージの練習をした。

温泉めぐりで全国をまわる内、行く先々でマッサージ師とも懇意になったのだという。

そうした彼ら彼女らの影響で、やがて綾乃は、自らもマッサージを学ぶこととなった。

昌彦は、そんな綾乃から技術を伝授され、依頼があれば彼女と二人で、さまざまな客をほぐしてやっている。

「ああ、気持ちいい……」

香澄は枕に顔を埋めたまま、リラックスした様子でため息交じりに言った。

こんな風に喜んでもらえると、ひとつひとつの指の動きにも、ますます気合いが入るというものだ。

じわじわと三秒ぐらい圧をかけ、また三秒ほどかけてそっとゆるめる。寄せては返す波のような、スローなテンポが心地いいのだと昌彦は習った。垂直を意識して肌に圧を加えることで、揉み返しも起こりにくくなるという。

同じ部分を集中的に揉みすぎることもNGだ。

一箇所のマッサージは、長くても十分。やさしく、ほどよく、適度なあんばいが、最大の秘訣である。

――つまり、女を攻略する方法とよく似てるってことよね。野暮天の社長には、ピンと来ないかもだけど。

(馬鹿にして)

フフンと鼻で笑った綾乃を思いだし、昌彦は歯噛《はが》みした。

それでも彼女の指導なしには、こんなこともできなかったのだから、ひたすら平身低頭し、あがめ奉《たてまつ》るしかないのだが。

(それにしても、みんないろいろとあるんだな)

昌彦は華奢《きゃしゃ》な身体に圧をかけながら、複雑な思いで香澄を見た。肩まで届く栗色の髪は、今夜もまたセクシーに波打っている。

今日の午前、神社で聞いた話を思いだした。昌彦はあらためて胸を締めつけられる心地になる。

香澄が経営する小料理屋は、年下の料理人と二人で切り盛りをする小さな店だった。信頼を寄せる料理人は、六歳も年下の男だという。

——加藤《かとう》くんって言うんですけど、その加藤くんからプロポーズをされたんです。とても純粋な子なんですよ。プロポーズ？　受け入れられるわけないじゃないですか。だって私、若い頃に男と不倫をして、夫の家から追い出されたような女ですよ。

心の澱《おり》を吐きだすかのように、香澄は昌彦に語った。

涙ながらに、と言ってもいい。

夫は愛人三昧だった。そんな香澄の心の中にすべりこんできたのが、不倫相手の男だった。

彼女が働いていた料理店の店長だった。一回りも年上だったという。

——でも、私が夫とトラブルになったと分かると、その店長もいきなり腰が引けてしまって。家どころか勤めていた店からも追い出され、行くあてもなくして流れついたのが、今お店をやっている街だったんです。

その街は、村の隣県にある小さな都市だった。

店を出したのが三年前。料理人の加藤は忠実な片腕として、もう二年も香澄を支えていた。

自分に好感を持ってくれているのが分かった。香澄もまた、彼を見るたび、ほっこりとするようになった。

だが忌《い》まわしい過去が、いつでも香澄をおびえさせた。

そうとは知らない加藤は、ある日とうとう、香澄に求婚をした。指輪まで、その日のために用意をしていた。

――年下の男では頼りないかも知れませんけど、俺、一生懸命働いて女将さんを支えますって、緊張しながらプロポーズをしてくれて。言葉につまる私を、力いっぱい抱きしめさえしました。不安だったんだと思います。私の反応が、思っていたようなものじゃなかったから。

そのとき、加藤の身体から立ちのぼってきたのが、柚子の香りだったという。

柚子の大好きな香澄のために、あれこれと柚子を使った料理を研究し、店でもいろいろと創作料理を出していた。

――だから、逃げたんです、私。しばらくお店を休むことをメールで伝え、もうあなたとは働けないって、別れも告げて。

そう言うと、とうとう香澄は号泣しはじめた。立っていられなくなり、うずくまって顔をおおった。

昌彦はそんな香澄にとまどいつつも、もはや人目も気にせずに、再び抱きすくめたのだった。

香澄はますます火が点いたように泣き、昌彦は彼女の髪を梳《す》き「つらかったですね。悲しかったですね」と何度もくり返した。

彼女に対する恋心は、二度とおもてには出すまいと固く心に誓いながら――。


「うっ……」

（あっ）

昌彦はハッとなった。

見れば香澄が、枕に顔を埋めたままうめいている。

しまった。力を入れすぎたか。昼間に神社で聞いた彼女の話を思い返し、つい物思いにふけってしまい、心ここにあらずになっていた。

「申しわけありません、痛かったですか」

「ううっ」

「えっ……」

マッサージの手を止め、香澄に問いかけた。そして昌彦はようやく気づく——うめいているのではない。泣いているのだと。

「か、香澄さん。すみません。痛かったですか」

「うっ、うっ、うっ……」

ギュッと枕をかき抱き、悲愴な声をあげて嗚咽《おえつ》する。宿の浴衣に包まれた細身の女体が小刻みにふるえる。

昌彦は香澄を思いやった。身体の痛みではなく、心に負った深い傷が、再び彼女を泣かせているのではあるまいか。

「あの、香澄さ……あ——」

「ごめんなさい。ごめんなさい」

香澄の身体から離れ、布団の脇へと場所を移そうとした。香澄はいきなり起きあがり、むしゃぶりつくように抱きついてくる。

「——っ。か、香澄さん」

「ごめんなさい。びっくりしますよね。こんなことされたらいやですよね。情緒不安定なんです。自分でもどうにもできないんです」

驚く昌彦に、涙に濡れた声で香澄は言った。強い力でしがみつかれ、父性本能がキュキュンとうずく。

「弱い女ですよね。いい歳をして、情けない」

「そんな……そんなことないです」

しゃくりあげながら言われ、昌彦はあわててかぶりをふった。どうしたものかととまどいつつ、そろそろと、泣きむせぶ熟女の背中に手をまわす。

「弱い女なんです。本当にだめな女なの。えぐっ……今日の朝、社長さんに、やさしくしてもらって……ひぐっ……私、ますます……どうしていいのか、分からなくなってしまって……」

胸を締めつけられずにはいられない、哀切な泣き声が胸にひびいた。昌彦はもらい泣きしそうになり、とうとうギュッと香澄を抱きしめる。

「ああ、社長さん。あっ……」

「お客様……いえ……か、香澄さんと呼んでもいいですか」

声をふるわせ、昌彦は言った。

薄い浴衣の布越しに、熟女の温みが伝わってくる。胸の鼓動がとくとくと鮮烈なまでに感じられる。

もうだめだと、昌彦は思った。一度は封印したこの人への思いが、どうしようもなくぶり返す。

「か、帰るところがなくなったのなら……ここにいてくれてもいいですよ、ずっと」

声をふるわせ、柄《がら》にもないストレートさで告げた。

こんな素直な気持ちで「俺が悪かった。行かないでくれ。俺、もう一度頑張るから」と、あの日妻に言えたなら、違う未来になっていただろうか。

「社長さん……」

「行くところがないなら、ここにいればいい。温泉に入って、のんびりと自然を満喫して、いい空気をいっぱい吸って……身体にいい料理も、マ、マッサージだって、ご希望とあれば毎日だってします。あっ……」

……チュッ。

（おおお……）

全身が甘酸っぱく、しびれてふるえた。

気づけば香澄は泣きながら、昌彦の口を求めてきた。

4

「香澄さん……」

……ちゅっ。ちゅぱ。ぢゅる。

「分かってます、んっ……こんなこと、しちゃいけないって……でも……でも……」

「あっ……」

香澄に手首をにぎられた。

あれよあれよという間に、昌彦の手は熟女の乳の上に押しつけられる。

しかも、香澄とかわした口づけは、ますますねちっこいものになった。

「香澄さん……んっんっ……」

「お願いです……いやらしい女だって、思わないで……んっんっ……忘れさせて……お願い、お願い……んっ……」

……ぢゅる。ぢゅるぢゅる。

（おお。おおお……）

香澄は右へ左へと顔をふり、やわらかな朱唇を押しつけてくる。熟女の口からあふれだす甘ったるい吐息に、昌彦は顔を撫でられた。

二人のキスはごく自然に、ベロチューへとエスカレートする。

昌彦が舌を差しだせば、香澄もまたヌチョリと舌を突きだして、舌先同士をネチョネチョと粘っこく戯《たわむ》れあわせる。

そのたび股間がキュンとうずいた。ズボンの下で肉棒が、一気に熱さと硬さを増し、股間の布を突きあげだす。

しかも――。

（おっぱい、触っちゃってる。くぅ……）

指に感じる柔乳の感触にも、昌彦は情欲を刺激された。

「か、香澄さん……」

「アァン……」

昌彦は指を開閉させた。浴衣の薄い布の上から、はずむおっぱいを揉みしだく。

どうやらブラジャーは着けていないようだ。指に感じる乳房の熱さとやわらかさが、さらに股間をじゅわんとさせる。

そっと指を伸ばしてみれば、コリッとした固い突起もそこにはあった。

「はぁン、社長さん……」

「いいんですね。ほんとにこんなことしていいんですね」

「ンッハアァ」

やむにやまれぬ激情が、駆けめぐる血液を沸騰させた。一気に鼻息を荒くして、胸もとの合わせ目から浴衣の中に指をくぐらせる。

……プニュウ。

「あぁぁン。いやぁ……」

そこには少し汗ばんだ、マシュマロのようなふくらみがあった。

雄々しい力を受けとめて、ほどよいボリュームのおっぱいが苦もなくひしゃげ、乳首の向きを変える。

「おお、やわらかい。はぁはぁ……とろけるようですよ、香澄さん」

「んあぁぁ……」

……もにゅもにゅ。もにゅ。

いやらしく指を動かして、乳を揉んだ。香澄はあえぐように朱唇を半開きにし、早くも恍惚の顔つきになる。

うっとりと目を閉じ、過敏な部分をまさぐられる女の悦びにおぼれていた。

乳を揉み、スリッ、スリッと乳首をあやせば、耐えかねたように身をよじり、恥じらいながら小顔をふる。

(こんなこと、あり得ない)

淫らな熟女の反応に、夢ではないかといぶかった。どうして自分がこんないい女を好きにできるというのだろう。

「香澄さん……」

「ああ……」

夢ならさめてくれるなと神に祈った。衝きあげられるような欲望にかられ、華奢な肢体を敷き布団に横たわらせる。

乱れた浴衣の合わせ目に指をかけた。一気呵成《いっきかせい》に左右へと、横暴な力でかき開けば
——ブルルルンッ!

「ハアアァ」

「うおお、すごい……」

ようやくラクになったとでも言っているかのようだった。たゆんたゆんとはずみながら現れたのは、伏せたお椀を思わせるおっぱいだ。

Cカップ、八十センチぐらいのほどよいふくらみ。まさに、美乳といういいかたがふさわしそうだ。

ふっくらとふくらむ二つの乳は、抜けるような色の白さ。

淡い鳶色の乳輪と乳首が、丸い頂を生々しくいろどっている。

サクランボを思わせる乳首はすでに半勃《はんだ》ちになっていた。見つめる昌彦をあおるように、ナマ乳がゼリーのようにふるえる。

（こいつはたまらん）

喉を締めつけられるような息苦しさにかられた。昌彦は香澄におおいかぶさり、両手で乳をせりあげる。

「あっはあぁ」

「香澄さん、きれいです。とってもきれいだ。んっ……」

「あああああ」

グニグニとおっぱいを揉みながら、乳首にむしゃぶりついた。香澄はビクンと背すじを浮かせ、我を忘れた声をあげる。

「香澄さん。香澄さん」

「あああ。ああああああ」

ねちっこく乳を揉みこねつつ、乳首を吸ったり舐めたりした。

舌でビビンと何度もはじけば、香澄はスレンダーな肢体をのたうたせ、さらに淫らなあえぎをこぼす。

(乳首、勃起してきた。ゾクゾクする)

代わりばんこにしつこく吸えば、あっという間に二つの乳首はせつない力をみなぎらせた。

はちきれんばかりの丸みと弾力感を強調し、グミさながらの舌触りで、昌彦の舌を押し返す。

「あふぁん。は、恥ずかしい……あっあっ。でも……あぁん、社長さん、もっといじめて……もっと。もっともっと。んはあぁ……」

(だめだ。興奮してしまう)

羞恥にふるえながらも、三十四歳のバツイチ熟女は官能をこらえきれない。

求愛してきた若い男を忘れようとする苦しみが、肉の欲望を求めた。その上、どうやらこの熟女も、意外に高感度の肉体のようだった。

「あっあっ。あああぁ」

(けっこう感じている。これで男なしの生活は、つらかったんじゃないのかな)

「香澄さん……」

「あっ。あぁん、だめ……」

はだけた浴衣の足もとを、さらに大胆にたくしあげた。

「あああ……」

すらりと長い美脚の奥から、紫色のパンティが、ヴィーナスの丘の丸みとともに昌彦の視界に飛びこんでくる。

パンティに手を伸ばし、布の縁に指をかけた。股間からずり下ろし、太腿から膝へ、膝からふくらはぎへと、下ろしていく。

「あぁン、いや。見ないで……だめ。ああ……」

(おおお……)

パンティの下から露出した、エロチックな眺めにぐびっと唾を吞む。

美貌もはかなげだったが、もっとも恥ずかしいだろう局所の眺めも、顔立ちとよく似たはかなさが感じられた。

ふっくらとふくらむ秘丘には、淡くもやつく茂みがあった。

生々しさあふれる綾乃の剛毛とは、両極端といってもいいほどの、ひかえめな陰毛である。

それら少量の縮れ毛が、いやらしくからみあって火焔のようにそそけ立っていた。

毛と毛の間から地肌が透け、過敏らしい肉土手には鳥肌が立っている。

（もう濡れている……）

恥毛が薄い分、はっきり、くっきりと卑猥な裂け目がよく見えた。ジューシーな秘丘に走る生々しい秘裂は、すでに発情し、妖しい花を咲かせている。

剝きだしになった粘膜は、蓮《はす》の花のような形をしていた。大陰唇から飛びだすビラビラは意外に肉厚で、それがべろんとめくれ返っている。

貝肉の突起を思わせる肉ビラはいかにも重たげ。それが丸まりながらめくれる様は、かなりエロチックだ。

言うに言えない欲望を露わにし、昌彦の視線にサーモンピンクの粘膜をさらしている。粘膜はすでにねっとりと、いけないぬめりを感じさせた。

「おおお、香澄さん」

守ってあげたくなるような美女も、ここだけはやはり獣《けもの》だった。昌彦は両手を伸ばし、二本の指を大陰唇に押しつける。

……くぱあ。

「あぁぁん、いや。なにをするんですか……」

思いもよらない責めだったのだろう。香澄は目を見開き、股間にうずくまる昌彦を見る。

そんな美熟女の陰唇は、昌彦の指によって大胆な菱形《ひしがた》に開いていた。横長に広がってさらに粘膜を開花させ、膣穴のとば口をあえぐかのように蠢《うごめ》かせる。

「なにって……香澄さんのいやらしいオマ×コを広げているんです。はぁはぁ……」

「えっ、ええっ。あああぁ」

可愛さのあまり、辱《はずかし》めずにはいられなかった。

あられもない言葉で熟女を恥じらわせるや、間髪入れずに広げた女陰にむしゃぶりつく。

「あぁぁん、社長さん。いや、だめ……広げないで……恥ずかしいから広げなああああぁ」

……チュウチュパ、ピチャ。

羞恥に頬を染める小料理屋の女将に、みなまで言わせはしなかった。

粘膜のぬめりをこそぐかのような舐めかたで、丸だしの膣園に舌を這わせる。もちろんときにはビンビンとクリ豆もはじいて容赦なくなぶる。

「あああ。しゃ、社長さん。いや、そんな……そこ、そんなにいっぱい広げたままで。ああ。そんなに舐めたら。あああ。あああああ」

「はぁはぁ……か、香澄さん。ああ、すごく興奮してますね。んっんっ……」

……ピチャピチャ。ぢゅちゅ。

「あああああ。違います。私、興奮なんて……私は、ただ、せつない時間をまぎらわせてもらいたかったの。あああああ」

昌彦の指摘を受け、香澄は必死に取りつくろおうとした。

だがもはや、そんな余裕すら彼女にはない。

淫肉を舐め、クリトリスを舌ではじけばはじくほど、女体の感度はさらにあがっていく。

「あああ。社長さん。ああああああ」

「ほら、自分で広げて」

興が乗った昌彦は、さらに香澄を辱めた。いやがる熟女に有無を言わせず、自分の指で陰唇を菱形に拡げさせる。

「えっ、そ、そんな。いやです、いや……」

「だめです。してください。いじめてほしいんでしょ。願いをかなえてあげます。ほら、早くして……」

「ああ、そんな……いや、恥ずかしい。ああ、どうしてこんな。んっああ……」

目を潤ませ、困惑した様子でかぶりをふりながらも、香澄はあらがえない。

手首をつかまれ、強引に股間に引っぱられる。

昌彦の代わりに恥ずかしい部分を広げることを求められる。

5

「んああ、恥ずかしい……恥ずかしい……あああ……」

……くぱあ。

「うおお、香澄さん……」

とうとう香澄は命じられたとおり、自らワレメをくつろげた。しかし恥じらいが勝るあまり、昌彦ほどには広げられない。

「ほら、どうしたんです。もっと広げてください」

そんな香澄に、昌彦は命じた。これもまた、ちょっとしたイメージプレイだと彼は思っている。

いじめてほしいというのであれば、いじめてやるのが香澄への誠意だ。

「ああ、社長さん……」

許してと言うようにかぶりをふり、泣きそうな声で香澄は言う。

しかし昌彦にはよく分かった。

涙目の熟女は、同時に欲情してもいる。女とは不思議な生き物だ。だからこそ、昌彦も燃えた。

もう服など着てはいられない。

息を荒げて下着ごと、すべて身体からむしりとる。

「ああ……」

飛びだしてきた男根は、すでに戦闘態勢になっていた。雄々しく天へと反りかえり、どす黒い肉幹からゴツゴツと血管を浮かせている。

そんな昌彦の勃起に、香澄はますますうろたえた。意外そうに目をしばたたかせ、思わずという感じで身をよじる。

媚《こ》びているようにも、昌彦には思えた。

「広げて」

もう一度命じた。閉じようとする両脚を強制的に広げさせる。

「ああ。そんな。そんな……は、恥ずかしい……」

またしても身も蓋もない格好にされ、香澄はいたたまれなさそうにかぶりをふり、一段と顔を真っ赤にする。

「恥ずかしいことをさせているんです。いじめるとはそういうことです。ほら、広げて、香澄さん」

「社長さん」

「広げるんです。ほら」

「あああ。うあああああ」

大股開きにされながらの強引な求めに、それ以上抵抗できなかった。香澄はもはやこれまでとでも言いたげな、ため息交じりのあえぎ声をほとばしらせる。

さらにその目を潤ませた。

やわらかな陰唇に指先を食いこませ、ギュッと目を閉じ、秘割れを広げる。

……ニチャッ。くぱあ。

「ああん、だめえ……」

「おお、いやらしい。そら、もっと広げるんだ。香澄さん」

「社長さん、私死にたい」

「もっとだ。もっと」

「ああ、もういやあ。あああああ」

首を伸ばして局所を凝視し、昌彦は命じた。

しつこくあおる彼の求めに、香澄は声をふるわせる。菱形に広げた陰唇を、さらに縦長に開いてみせる。

「おお……これはエロい……」

「いやあ。そんなこと言わないでください。恥ずかしい。ううっ……」

強く閉じた瞼から、涙のしずくが搾りだされる。

生々しいサーモンピンクが、再びくっきりと昌彦の視線にさらされた。膣穴へとつづく卑猥なくぼみが息苦しげにひくついている。

口ではいやがってみせながらも、熟女の蜜湿地は、さきほどまでより確実にぬめりを増していた。

現に今、じっと見ているこのときも、膣穴がひくつけば粘りに満ちた濃い汁が、膣奥深くから滲みだしてくる。

「いやらしい。香澄さんみたいにきれいな人が、自分からマ×コをこんなに広げて」

「いや。いやあ。え……」

「なにもしません。カメラを使うだけです」

昌彦は言うと、布団の脇に置かれていた香澄のスマホを手にとった。

今日の午前に、一度あつかっていたのでとまどいは少ない。すばやく画面を操作して、カメラアプリを起《た》ちあげる。

「ヒイィ。社長さん……」

昌彦が何をしようとしているのか察したのだろう。驚いた香澄は、陰唇から指を放そうとする。

「誰が指を放していいって言いました。そのままでいてください」

昌彦は、低い声でぴしゃりと命じる。香澄は眉を八の字にしてかぶりをふる。

「いやです。写真を撮るなんて」

「二人だけの秘密です。あなたのスマホだから、いやならあとで消せばいい。でも……ああ、とってもいやらしいですよ、香澄さん」

言いながら、スマホのカメラを香澄に向けた。

「い、いやあ。撮らないで。こんな私、撮らないで」

「動かない」

縦長の画面に、自分で媚肉を広げてみせる大股開きの熟女が映しだされた。

スマホの画面を通じてみると、香澄がかもしだすエロチシズムはいっそう生々しさを増す。

美貌を紅潮させ、表情を引きつらせてこちらを見あげた。

羞恥に染まった顔は苦悶に満ちているのに、美脚はM字に広げられ、二本の指で陰唇が菱形に開かれている。

「ああ、いやらしい」

――パシャッ！

「いやあああ」

シャッター音も高らかに、昌彦は写真を撮っていく。

フラッシュがまたたいて、人には見せられない熟女の痴態をあますことなくクリアな画像に切りとっていく。

「あァン、撮らないで。こんな私撮らないで」

「どうしてですか。どうして撮ってほしくないの。んん？」

――パシャ。カシャッ！

「ああああ」

フラッシュがひらめき、セクシーな撮影モデルに強い光を浴びせかける。

そのたび淫肉もますます細部まで鮮明にした。生々しい紅鮭色がいっそうヌルヌルしはじめた、あだっぽい眺めを見せつける。

「ああ、だって。だってだって。私恥ずかしい。ああああ……」

パシャッ、パシャッとシャッターを切られるたび、香澄は背筋をのけぞらせたり、尻をふって悶えたりした。

その目はとろんとさらに妖しい濁りを増し、半開きになった朱唇からは、いっそう切迫した熱い吐息が、艶めかしい喘ぎとともにもれだしてくる。

「なにが恥ずかしいの。どうして撮られると恥ずかしいの」

――カシャッ！　パシャッ、パシャッ！

「ああ、撮らないで……はぁはぁ……こんな私……撮っちゃいやあ……」

シャッターを切るたび、香澄はくなくなと、さらに激しく身をよじる。

しかしそれでも、女陰から指を放そうとはしなかった。

すすり泣きさえもらしているのに、見れば淫肉の菱形はますます横長になり、蜜肉の縁がいやらしく伸びている。

感じてきたのだ。

明らかに香澄は、マゾヒスティックな恍惚の中にいた。熱い吐息をこぼしつつ、くつろげた牝華からは、さらなる淫蜜を分泌している。

「どうして撮っちゃだめなの」

こちらもさらに息苦しくなりながら、昌彦はしつこく聞いた。

スマホの画面に映る美女は、セクシーな美貌を火照らせてなんとも艶めかしい。ふるいつきたくなるような、強い色香を放っている。

――パシャ、パシャッ！　パシャッ！

「あああああ。だめなの。撮っちゃだめなのお。ああああああ」

「どうして。どうしてか言いなさい。んん？」

――カシャッ！　カシャッ！　パシャ、パシャ！

「うああ。だって……だって私、広げちゃってる。こんな風に、いやらしいとこ広げちゃってるんだものおおおっ」

「いやらしいとこってどこ。ねえ、どこ」

画面の中の香澄はいよいよ発情し、訴えるように、求めるように、妖しく濡れた目で昌彦を見あげる。

見れば細い腰が色っぽくくねり、浮かせた尻をいやらしく振って、広げたピンクの粘膜を誇示するように見せつける。

「ああ、社長さんンンン」

「言いなさい。いやらしいとこってどこ」

「ああン、オマ×コ。私のオマ×コ。興奮しちゃう。社長さん、軽蔑しないで。私、ほんとに感じちゃってる」

「おお、香澄さん」

はしたない卑語まで、香澄はとうとう口にした。昌彦はそんなバツイチ美女に、もはや辛抱がきかなくなる。

スマホを布団に放りだした。

むしゃぶりつくように、浴衣を乱した女体に重なる。

浴衣の帯をほどこうとする指は不様《ぶざま》にふるえた。度を超えた興奮のせいで心臓が打ち鳴り、耳が不穏に鳴っている。

6

「ハァン、社長さん……」

帯をほどき、香澄の女体にまつわりついていた浴衣をむしりとった。二人仲よく生まれたままの姿になり、改めて肌と肌を重ねる。

「香澄さん。俺もう、がまんできません」

昌彦は肉棒を手にとり、亀頭でワレメをグチョグチョとあやした。

「あああああ」

それだけで、香澄はとり乱した声をあげる。そんな自分に気づいたように、あわてて両手で口をおおう。

「むぶう……」

「いいですね。挿《い》れてもいいですね。ああ、香澄さん！」

――ヌプヌプッ！

「んんっんんんっ」

昌彦は腰を突きだした。

とたんにいきり勃つ肉棹が、温かなヌルヌルに包まれる。

「うおおっ。ああ、すごい……」

――ヌプッ、ヌプヌプヌプッ！

「んんあああっ」

「おお……おおおおお……」

ペニスを飛びこませたそこは、期待以上のぬかるみ具合。

侵入しようとするペニスを快く受け入れ、波打つように蠢いて、奥へ、奥へといざなう。

「香澄さん。気持ちいい……」

「んああ。ああ、社長さん。うあっ。ああああ……」

ゆっくりと、昌彦は怒張を埋没させた。細身の美女は、昌彦の下でエロチックに身をよじり、乱れた髪をふりたくる。

温かでヌメヌメした膣は、狭さも相まってとろけるような心地よさだ。

腰を前へと進めながら、昌彦は天を仰ぎ、思わず「おお……」と歓喜のため息をこぼす。

「ああ、うそ……すごい……奥まで……熱くて、硬いものが……んっああ……」

根元まで男根を埋めると、香澄は昌彦の背に腕をまわした。感極まったようにエロチックな声を跳ねあげる。

色白の美肌が薄桃色に火照り、じっとりと汗をにじませはじめた。吸いつくように密着する肌は、心癒やされる温みと、しっとり感に富んでいる。

肉壺は肌より熱かった。その上「早く早く」とねだるかのように、いちだんと強く蠕動し、ペニスをムギュムギュと締めつける。

「くぅ。香澄さん……」

……ぐちょ。ぬちょっ。

「んっああ。社長さん、あっあああ」

いよいよ昌彦は腰を前にしゃくりだした。ぬかるむ牝肉でカリ首をヒダに擦りつけ、膣奥の子宮を亀頭でグチョリとドSにえぐる。

「あああン、あっあっ。いや、だめ……どうしよう……声が出ちゃうンン」

自分の喉からほとばしる声が尋常なものではないと確信したのだろう。

香澄はピストンのたびごとに、おもねる動きでその身をのたうたせながら、両手で口を押さえるが、耐えかねて手を剝がしてしまう。

「だめですよ、声なんか出したら。他のお客さんに聞こえたらどうするんですか」

昌彦はそう言いながら、さらに香澄を困らせる。

抜き差しの動きをねちっこく、荒々しいものにエスカレートさせ、うずく亀頭をねちっこく、発情肉に擦りつける。

「あああっ。でも……でもでも……ああ。あああ。んっぷぅ……」

激しい快楽におぼれた香澄は、もはや昼間の彼女ではなかった。息づまるほどとり乱し、そんな自分にうろたえて、両目を見開き、口をおおう。

本当は、多少の声では隣室までなんてとどかない。

大きな声では言えないが、一時期は人目をはばかる大人の男女が房事を楽しむ宿として、繁盛していた時代もあったらしい。

おんぼろ宿ではあるものの、当世風の旅館よりしっかりとした造りである。

しかし、そんなことは教えない。自分の声を気にしながら乱れる美熟女は、鳥肌立つほど官能的で、愛らしかった。

(もっと興奮させてあげますよ、香澄さん)

心の中で言い、再び彼女のスマホを拾いあげた。腰をしゃくって性器の擦りあいをつづけながら、先ほど撮った画像を表示する。

「見てください、このいやらしさ」

世の男たちが見たら叫びだすこと間違いなしのあられもない写真を、本人の前に突きだした。

「ヒイイィ。いや、いやあああ」

目にした自分のとんでもない姿に、香澄ははじかれたようにあらぬほうを向いた。

だが、セックス中の男に嘘はつけない。男根にフィットした粘り肉たちがざわめいて、よけい肉棒を甘酸っぱくプレスする。

(おおお……)

「見なさい、香澄さん。ああ、大股開きでオマ×コを広げて。なんていやらしいことをしているんですか」

いやがって顔をふる香澄のまえに、しつこくスマホを向けてやる。

「あああ。ああああああ。むぶう……」

昌彦のサディスティックな画像責めに、香澄は哀切な声をあげた。

またもあわてて口をおおう。しかしその目はチラチラと、ついスマホの画面に向けられる。

「むぶう……あああああ」

とうとう口に手で蓋など、してはいられなくなった。

両手を放して淫らに叫ぶ。ほとばしる淫声のトーンが変わり、少しだけ低いものになった。

つくろうすべさえ完全に忘れ、激しい羞恥と快感によって、浅ましい情欲の虜になっていく。

「はぁはぁ。すごいでしょ、このガニ股、鼠径《そけい》部の腱が突っぱっている」

「あっあっ。あああああ。いやだ、こんな格好恥ずかしい。ああ、どうしよう。声が……声が出ちゃう。でも我慢できないンン。うあああ」

「しかも『オマ×コくぱあ』ですよ」

「あああん。オ、オマ×コくぱあってなんですか。あン、いや、すごく奥までち×ちんが。あああああ」

禁断の画像を見せられながらの、羞恥を刺激する言葉責め。その上、硬くて大きい肉スリコギで秘穴を執拗にかき回されている。

そんな怒濤の責めに、香澄は白旗をあげた。

「あああ。ああああああ」

哀切なあえぎ声をあげ、いつしか昌彦の動きにあわせ、自らもカクカクと腰をしゃくる。

（ああ、いやらしい！）

「これが『オマ×コくぱあ』ですよ、香澄さん。今あなたが見ているこのエロい姿がオマ×コくぱあなんです」

「ああああああ」

（おおお……き、気持ちいい！）

淫肉のぬめりは、ますますすごいことになってきた。

膣洞いっぱいに、品のない蜜がにじみだす。亀頭でほじくり返すたび、グチョグチョ、ヌチョヌチョと粘っこい攪拌《かくはん》音をひびかせる。

香澄は一緒に腰をしゃくった。昌彦が腰を引けば同時に引き、勢いよく突きだせば、一緒のタイミングで股間に秘丘をぶつけてくる。

いつしかその目はドロンと濁りだした。憑《つ》かれたように画像に見入り、昂ぶった声で絶え間なく吠える。

「うああ。うああ。うあああああ」

「おお、香澄さん」

「んっはあああぁ」

昌彦も、もはや完全に限界だ。

もっといじめていたいのに、男の本能が許さない。

スマホを枕元に落とし、両手で香澄をかき抱いた。猛然と腰をふり、爆発寸前の肉棒を膣奥深くにズンズンとたたきこむ。

「あああ。んっあああああ。気持ちいい。社長さん、気持ちいい。あああああ」

昌彦同様、香澄もまた、絶頂の瞬間に近づいていた。昌彦のことを抱き返し、何もかも忘れた獣の声でいやしい歓喜を伝えてくる。

「いやらしかったでしょ、自分の写真。ねえ、どうでした」

(ああ、もう出る!)

ひと抜きごと、ひと差しごとに射精衝動を膨張させ、香澄の頬をベロベロと舐めながら昌彦は聞いた。

「あああ。いやらしかった。私いやらしかった。ああン、気持ちいい。とろけちゃうンン」

香澄は吠えた。

泣いているような声でもあった。

あまりの快さに理性を失っている。しゃくる腰使いが猥褻《わいせつ》で、昼間の彼女からは想像できない淫らさだった。

「なにしてた。言ってごらん。ねえ、なにしてた」

抜き差しの動きをエスカレートさせ、昌彦は聞いた。

「あああああ。うあああああ」

すごい声で香澄が吠えた。聞いてはいけない声にも思えた。香澄が「あああ」と吠えるたび、振動がブルブルと昌彦の裸身に伝わってくる。

「言いなさい、香澄さん。あなたなにしてたの」

うずく陰茎の芯の部分を、濃厚な精子がせりあがる。射精へのカウントダウンさながらに、亀頭が淫らに拍動し、尿口を閉じたり開いたりする。

「あああああ」

「香澄さん」

「オ、オマ×コくぱあ。オマ×コくぱあああ。ああ、イッちゃう。イッちゃうンン」

「くっ、俺もイク……」

「うあああ。あっああああっ‼」

——どぴゅっ、どぴゅっ！　ぶぴぶぴぶぴぴっ！

「あう……あう……あうう……」

「おお、香澄、さん……」

ついに二人は、一緒に達した。

やわらかな秘丘に思いきり股間を押しつける。

膣奥深くまでペニスを埋めた。

子宮口に亀頭をめりこませ、水鉄砲の勢いで、とろけた肉にブシュッと精液をしぶかせる。

そんな昌彦のぶちまけるような射精に、香澄はビクビクと痙攣した。

暴れ馬さながらの身のよじりかた。今にも昌彦はふり落とされそうになる。

「くぅ……」

射精しながら女から転げおちるなどという間抜けなことはできなかった。

あわてて香澄をさらに激しくかき抱けば、乳房がふにゅりとやわらかくひしゃげ、熱い乳首が胸板深く食いこんでくる。

「あう……あう……ああ、社長、さん……すごい……イ、イッちゃった……はぁはぁ……恥ずかしい……私ったら……」

「香澄さん……」

恥じらいながらも美熟女は、絶頂の痙攣を止められない。

少しずつ弱くなってはきたものの、なおも裸身を不随意にふるわせ、白い首筋を引きつらせた……。

「俺と……」

ようやく狂おしい時間が終息した。

激しい行為の名残の中で、乱れた息を二人して鎮めあう。

しばらくして、昌彦は覚悟を決めて言った。

「俺と……つきあってくれませんか」

「……えっ」

突然の言葉に、香澄は驚いたように目を見開く。

「しゃ、社長さん」

「よかったら、昌彦さんって呼んでください。だめでしょうか」

見つめてくる香澄に、真剣な顔つきになって昌彦は言う。

「こんな辺鄙《へんぴ》な旅館の主ですけど……それでもよかったら、ずっとここにいてもらいたいです」

「あっ……」

「いて、くれませんか……」

「あああ……」

裸の肌を密着させたまま、心からの想いを言葉にした。

香澄はうっとりとした顔つきで、そんな昌彦を見つめ返した。

第三章　とろめく若妻の甘肌

1

「ちょっと、いつまでも凹《へこ》んでないでもらえる?」

昌彦は、旅館の外に出て掃除をしていた。

午後の一時をまわったところ。宿泊客のチェックアウトも終わり、ようやく一段落できる時間だ。

「凹んでないよ」

迷惑そうに抗議をする綾乃に、唇をすぼめて反駁《はんばく》した。だが綾乃は、

「凹んでるわよ」

ジト目で昌彦を睨み、和服姿で、腕を組んで説教をはじめる。

「女にフラれたぐらいで、傷ついていていいような歳じゃないでしょ」

「歳は関係ないだろ」

「香澄さんが行ってしまってからもう十日よ、十日。それなのに、どこかの旅館の主ときたら、いつまでも肩を落としてブツブツ言って、あげくの果てにはトイレにこもってしゃくりあげたりして」

「そんなことしてないじゃないか」

肩ぐらいは落としていたかもしれないが、あとはまったくの濡れ衣である。昌彦は掃除をする手を止め、気色ばんで綾乃に言った。

やはり馬鹿正直に、白状なんてしなければよかったと後悔する。なにかあったのかとしつこく聞かれ、心配そうにもされたため、つい香澄とのことを話してしまったのだった。

鬼の首でもとったように、なおも綾乃はつづける。

「たしかに一度は、いい雰囲気になった。そうよね？　ところが、向こうもまんざらではなかったはずなのに、突然若いイケメンの料理人が、わざわざここまでたずねてきた。そのとたん、香澄さんの目の色が変わった」

「いいだろ、もうそんなこと言わなくても……」

どんよりとした気分になり、力なく昌彦は言う。

たしかに綾乃の言うとおりだった。

プロポーズを断られた加藤という料理人は、遠路はるばる香澄を迎えにこんなところまでやって来た。

香澄は、彼女にとって無二の親友の女性にだけ、行く場所を打ちあけていた。加藤はその女性に頼みこみ、土下座してまで聞きだして、この宿までやってきたのである。

そして、そんな加藤と再会した途端、香澄の心はすぐに決まった。

「しかたないわよ。だって、誰がどう見たって向こうのほうがイケメンだし」

「うるさいよ。そんなこと言われなくても分かってるって」

「言いたくはないけど、社長にはこの三浦家の再生事業を軌道に乗せるっていう大事業が――」

「分かってる。綾乃さんに迷惑はかけない」

綾乃の言葉をさえぎるように、昌彦は断言した。

誰に言われるまでもなく、色恋なんかにうつつを抜かしていてよい立場にはない。

宿の再生のためにももっと頑張らねばと、傷心にむち打って気合いを入れ直しはじめた。

「寂しいのだったら、私が慰めてあげるから」

「心にもないことを」

色っぽくしなを作る綾乃に、苦笑して昌彦は言った。

綾乃と契《ちぎ》りを結んだのは、結局最初の一度きり。

あれは一夜限りのストレス解消で、彼女のほうも昌彦になど、興味がないことは一緒にいればいやでも分かる。

「ウフフ。頼んだわよ、社長」

言うだけのことを言いきると、綾乃はその場を立ち去った。和服の布を盛りあげている桃のようなヒップがプリプリと揺れる。

「ふう……」

昌彦は大きく深呼吸をし、掃除を再開した。

悔しいが、なにもかも綾乃の言うとおりだ。いい加減に本気で立ち直らないと、応援してくれている綾乃にも申しわけが立たない。

「あの……」

そのときだった。突然、旅館の敷地の入口あたりから、鈴の鳴るような声がした。

昌彦は、あわててそちらをふり向いた。

（えっ）

立っていたのは年のころ、二十歳《はたち》前に思える若い娘だ。

ショートカットで、目がくりっとしている。年相応にあどけなさは感じるものの、なかなかの美人であった。

熟れた魅力の綾乃とは種類が違ったが、これまたいささか肉感的だ。ムチムチとピチピチがひとつの身体に同居しているような女性である。

「は、はい」

昌彦は営業用の笑顔になった。背中に家紋を染めた半纏の乱れをととのえ、ニコニコと会釈をする。

「三浦家さんは、こちらでいいんですよね」

キュートな笑みを浮かべて娘は聞いた。どうやら客のようである。だが待てよ。今日、こんな若い女性客の予約はあったろうか……。

「ええ、そうですが……」

困惑しながら昌彦は返事をした。すると娘は、

「よかった。すみません。すごく早く着いてしまって。チェックインの時間にならないと、宿には入れませんか？」

申し訳なさそうな上目づかいになる。潤んだ瞳が昼間の陽光を浴びてキラキラと輝いている。

「あ、いえ……」

不覚にも、胸がキュンとした。そんな昌彦に娘は言った。

「中浦《なかうら》です。中浦結衣《ゆい》。今日、予約させてもらっているんですけど」

「あ……」

昌彦は思わず目を見開いた。

中浦結衣。たしかに予約リストに名前がある。だがその人は、御年二十五歳だったはず。

（この子が……二十五歳？）

人なつっこい笑顔を浮かべる幼さあふれる女性に、昌彦は意外な感を持った。

そうともしらず結衣は、あらためて昌彦に会釈をした。

2

「わあ、すごい」

二階の客室に結衣の華《はな》やいだ声が響きわたったのは、その夜のことだ。

テーブルに出された夕食の品々に、両手の指を組み、祈りでも捧げるようなポーズになって目を輝かせる。

「お待たせしました。どうぞお召しあがりください。どれも美容に効果のある、ますますすてきな女性になっていただくためのメニューばかりです」

料理を並べ終えた昌彦は「さあ召し上がれ」とばかりに片手を差しだした。

「うー、おいしそう」

結衣は満面に笑みを浮かべ、興味津々《しんしん》という様子で料理に目を凝らす。

傷ついた女性を元気にするおいしい料理をコンセプトに、綾乃のアドバイスをもらって創作をしたメニューばかりだ。

昌彦はていねいに、料理の説明をする。

たとえば、かぼちゃのクリーミーサラダ。

かぼちゃはビタミンEがとても豊富だ。そしてビタミンEは、肌を活性化させる効果があると言われている。

また、ひじきの梅煮は鉄分を多く含み、肌のくすみを改善するのにとてもいい。

さらに、鶏肉の鍋は、ダイエットに効果を見せる低カロリーのメニュー。

そうしたことを昌彦は、てきぱきと結衣に伝えた。

「すごい。どれもみんなおいしそうだし。来てよかったな。温泉も気持ちよかったし」

結衣は幸せそうに目を細め、うれしいことを言ってくれる。

おおそうだと、昌彦は気がついた。

「すみません。それと、お酒もお持ちしたんでした。日本酒でよろしかったですよね」

そう言って、料理とともに持参した熱燗《あつかん》の徳利《とっくり》とお猪口《ちょこ》を結衣にしめす。

日本酒をオーダーされたときは、正直意外だった。日本酒どころかビールやサワーさえ、口にするような女性に見えない。

「わあ、ありがとうございます」

しかし結衣は嬉々として、かわいく拍手をしながら相好《そうごう》をくずす。両手でお猪口をとり、小首をかしげてそれを昌彦に差しだした。

「じゃあいただきます。ついでもらっていいですか。えへへ」

(かわいい)

えへへだってと、昌彦は心中で微笑んだ。

やはり最初の印象どおり、二十歳かそこらにしか思えない。しかし、彼女から話を聞くと、二十五歳で、しかも人妻だった。

そんな結衣と熱燗の組みあわせは、やはりちょっぴりギャップが激しい。だが飲みなれているらしく、結衣は嬉々とした様子である。

たっぷりと温泉を満喫した彼女は、リラックスした浴衣に羽織姿だ。風呂上がりの頬を艶々と染めて、白い指にお猪口を持つ。

「お疲れさまです」

昌彦は居住まいを正して膝を進め、徳利を手にして酒を注いだ。甘い香りと湯気をふりまき、旨そうな酒が並々と猪口にそそがれる。

「ありがとうございます。いただきます」

すると結衣は、かわいくしなを作って会釈をした。思いがけない豪快さで、一息に猪口を空にしていく。

「あ……」

「ああ、おいしい。はい、ご主人も」

甘ったるい息を吐き、昌彦に空の猪口を差しだした。もしかして、ご返杯という意味なのだろうか。

「申しわけありません。私は仕事中ですので」

昌彦は制するように片手をあげ、恐縮して頭を下げる。しかし結衣は徳利まで持ち、強引に酒を飲ませようとする。

「いいじゃないですか、一杯ぐらい。ね。これもお客へのサービスだと思って。ちょっと人恋しいんです」

言いながら、ほら早くとでも言いたげに、昌彦に猪口と徳利を突きだしてくる。

浴衣の袖《そで》がつっとずれ、白い前腕が露出した。

きめ細やかな美肌は抜けるように白く、意外に色っぽい。

不意に遭遇したエロスにとまどい、昌彦は「は、はあ」とやむなく言われるがままになった。

お猪口を手に取り、両手で持って結衣に差しだす。

「えへっ。ご主人も、お仕事お疲れさまです」

結衣はうれしそうに昌彦に近づき、艶《なま》めかしさあふれる挙措で、小さな猪口を酒でいっぱいにする。

（いいのかほんとに。これって、間接キスだろう）

あまりに堂々としている結衣の態度に、こちらが気を回して萎縮した。

しかし、つがれてしまったものはしかたがない。昌彦は背すじをただし、一礼をすると一気に杯を空にした。

「綾乃さん、ごめん」

結衣の客室の外。

新たな酒を運んできた綾乃に両手を合わせたのは、それから一時間半ほどあとのことだった。

綾乃が熱燗を運んできてくれたのは、これで二回目。あきれたようにため息をつき、横目でじろっと昌彦をにらむ。

「他のお客さんたち、全部私一人で応対しているんですけど」

「分かってる。でも、こんなことになっちゃうなんて思わなくてさ」

「昌彦さーん。どうしたのぉ。お酒来ましたよぉ」

すると中から、とろんとした口調で結衣が声をかけてくる。その声を耳にしただけで、かなり酔いが回っていることは誰が聞いても明白だ。

「ほんとにごめんね。抜けるに抜けられなくなっちゃって。愚痴《ぐち》を聞いている内に、どんどん話が長くなっちゃって」

結衣には聞こえないよう、ヒソヒソ声であやまった。

「まあ……しかたないけど。そんなことも含めての『つかれたあなたを癒やします、秘湯三浦家』なわけだし」

綾乃はため息をつきつつも、理解をしめしてみせる。

「でも……いつかお礼はしてもらうから」

「もちろんだよ。ほんとにごめんね」

両手を合わせて頭をさげると、綾乃は小さなため息を漏らし、なよやかな挙措で厨房へと戻っていく。

(やれやれ)

綾乃が不機嫌になるのも無理はなかった。

しかし、ここらへんが客商売のむずかしさ。喜んでくれている客をむげにはできない。

この半日の間に、昌彦は結果的にあれこれと、結衣の悩みを聞かされるはめになっていた。

最初に「この人もなにかありそうだな」と思ったのは、宿に招じいれた結衣をロビーのソファで歓待し、世間話をしていたときだ。

夫とは二年前に結婚をしたが、浮気ばかりでケンカの絶えない日々だという。それで人妻なのにこの宿にひとりで来たのかと思った。

しかし昌彦は客商売ならではの勘が働き、「ここにきた理由はそれだけではなさそうだ」とにらんでいた。

案の定、結衣の苦悩にはさらにつづきがあった。

酒を飲み、いちだんと饒舌《じょうぜつ》になった彼女は、涙ながらにそのことを先ほどから昌彦に話していた。

じつは結衣も、結果的には夫に言えない不貞を働く展開になっていた。

夫の浮気を相談しようと、高校時代の同級生だった男と会う内に、いつしか自然のなりゆきで男女の関係になってしまった。

W不倫だった。

いくら夫も不倫三昧《ざんまい》とはいえ、人様に胸を張って言える話ではない。そのことを、結衣は悶々と悩みつづけていたのである。

あどけない笑顔の裏側で、そんな苦しみを抱きつづけていたのかと、昌彦は意外な感に打たれていた。

——私、最低の女ですよね、昌彦さん。

いつしか昌彦のことは「ご主人」ではなく「昌彦さん」と呼ぶようになっていた。

酒を飲み、涙に濡れた目元を何度もぬぐいながら結衣は言った。

——夫がいるのに、高校時代の男友だちとそんな仲になってしまって。最低です。

相手にだって奥さんが……苦しいよう。苦しいよう。

そう言って嗚咽する結衣に、昌彦は胸を締めつけられた。

もうお酒はやめておきましょうと進言したが、あともう一本だけと言って聞かず、しかたなく、三本目の熱燗を用意した。

これもお客様のためだと考えた。自分なんかでよいのであれば、今夜はとことん話し相手になってやろう。

「あ、あれ……」

気合いを入れ直し、客室の引き戸を開けた。

昌彦が目にしたのは、座椅子から転げおちるようにして畳に横臥《おうが》している、ぐったりとした結衣だった。

「……寝ちゃったか」

近づいて様子をたしかめると、すやすやと寝息を立てている。

お酒は強いんですと言っていたが、ほとんど一人で一合徳利を二本も空にしたのである。

三本目など、飲めるはずもなかったのだ。罪もない寝顔を見下ろし、昌彦はつい苦笑する。

(かわいい人だな……)

心の中でつぶやいて、いそいで片づけを開始した。

料理と酒をかたし、きれいにぬぐったテーブルを片づけ、てきぱきと布団を敷いてやる。

「お客様。布団を敷かせていただきました。さあ、お休みください」

部屋の隅に、枕と毛布を与えて寝かせていた結衣に、そっと声をかける。やさしく肩をたたくと、キュートな人妻はむにゃむにゃと身じろぎをする。

すでに羽織は脱いでおり、浴衣一枚でムチムチした女体を包んでいる。

「タッちゃん……」

寝ぼけながら口にしたのは、最前から何度も話題にのぼっている彼女の不倫相手の名前だ。昌彦は苦笑しながら、よいしょと結衣をお姫様抱っこする。

「ああ……」

しどけない吐息をこぼし、二十五歳の若妻はされるがままになった。

手足を力なく投げだし、無防備な寝顔を見せつけて、再び「タッちゃん……」とせつなげに言う。

そんな結衣を、敷き布団に仰向けにさせた。毛布をかけ、厚い掛け布団をかけてあげたら、退散させてもらうとしよう。

昌彦は彼女にかけてやっていた毛布をとりにいこうと、敷き布団から離れようとした。

「ま、昌彦さん！」

「わわっ」

すると、いきなり手首をつかまれた。思いがけない強引さでグイッと布団に引っぱられる。

しかも今度は「タッちゃん」ではなく「昌彦さん」だ。昌彦はバランスをくずし、膝が折れる。腰くだけになって布団に倒れこんだ。

3

「ああ、昌彦さん」

待ちかまえていた結衣は、昌彦に抱きついた。

「お、お客様。どうされました。あの……放してください」

「放さない。ねえ、私、ここで働いちゃだめですか」

「えっ」

そうとう酔いが回っているはずだ。それなのに、結衣は思いがけないほどの力で、あらがう昌彦を放さない。

「お客様」

「帰りたくない。もう帰れないよう。帰ればみんな不幸になる。私、タッちゃんへの気持ち、抑えられなくなっちゃうかも……ねえ、昌彦さん。ここで働かせて。一所懸命働くから。だめですか。ねえ、いけませんか」

「ああ……」

攻守ところを変えるかのように、昌彦を抱いたまま体勢を変えた。あっけなく、昌彦は布団に仰向けになる。

「お客様」

結衣は両手を突っぱらせて昌彦を見た。その眼はとろんとしどけなく濁り、やはり焦点がさだまらない。

「……昌彦さんのお嫁さんになれば、幸せになれるかな」

「ええっ。な、なな、なにを――」

「そんな未来はあり得ない？　独身だって言ってましたよね。私みたいな女じゃ、旅館の仕事は無理ですか？　私、頑張って働きます。だからそばにおいて。お嫁さんとか、無理ですか」

「いや。あの、あの――」

昌彦は「落ちついて」というつもりで両手をあげ、結衣を制した。そんな昌彦を首をかしげて見下ろし、結衣は再び「ひっく」としゃくりあげる。

「抱いても……いいですよ……」

「えっ、ええっ？」

「お嫁さんとして合格かどうか、たしかめてください。身体の相性って、やっぱり大切でしょ」

「あっ……んむぅ……？　えっ。ええっ、お客様。んむぅ……」

「昌彦さん……昌彦さん……んっんっ……」

結衣は昌彦の口に吸いついた。右へ左へとかぶりをふり、熱っぽい仕草でせつなげに激情をぶつけてくる。

……ちゅう、ちゅぱ。ぢゅちゅ。

（おお……）

人妻の酒臭い息を、顔面いっぱいに浴びせられた。ねちっこいキスで口を吸われ、たまらずピクンと陰茎が覚醒してしまう。

（ま、まずい。まずい！）

「お客様。やめてください。こんなことをしては、い、いけません……」

「なにもかも……なにもかも忘れさせてよう。一人にしないで……んっんっ……」

「あああ……」

理性を白濁させた結衣は、涙声になっていた。かわいく鼻をすすりつつ、さらに甘ったるい接吻をつづける。

甘ったるさと同時に、狂おしさも宿した怒濤《どとう》のキス。

昌彦の中で、とまどう気持ちとは裏腹に、制御しがたい欲望がむくり、むくりと肥大してしまう。

唇同士が触れあうたび、キュンと股間が甘酸っぱくうずいた。

（まずい。で、でも……こんなことされてしまったら……あっ……）

突然結衣が口を放した。

とろんと酩酊した顔つきながらも、訴えるように昌彦を見下ろす。

「お願い……お嫁さんにして……私、行くところないよう……」

色っぽく、甘えるような声だった。

結衣は身を起こす。浴衣の帯をほどき、「ああ、暑い……」と言いながら、乱れた浴衣を脱ぎすてた。

「えっ。ええっ……？」

中から露わになったのは、薄桃色に上気した餅肌の半裸身だ。胸と股間には窮屈そうに、花柄の下着が吸いついている。

「お客様――」

「結衣ちゃんなの」

駄々っ子のように言うと、背中に両手を回した。

プチッと音がしたかと思うや、ブラのカップがはじけ飛ぶ。たわわなおっぱいが、重たげに揺れながら飛びだしてくる。

(うおおおおっ！)

あまりと言えばあまりの展開。

うろたえつつも、昌彦は理性をフリーズさせた。いやらしく揺れるおっぱいは、三十半ばの男から、苦もなく平常心を奪いさる。

おそらくEカップ、八十五センチほどではないだろうか。

食べごろの甘いメロンを思わせるまん丸なふくらみが、惜しげもない大胆さでおもしろいほどよく揺れている。

乳の先っぽを生々しく見せているのは、ちょっぴり小さめな円を描く乳輪だ。

そのせいもあるのか、同じような鳶《とび》色をした乳首の勃起は、なんだかとても大きく見えていやらしい。

「結衣ちゃんなの。結衣ちゃんって呼んで」

「あ、ちょっ……あああ……」

ムチムチ若妻は、パンティ一丁のセクシーな姿になった。すると今度は昌彦から着ているものをむしりとっていく。

やめさせなければと思いはするものの、ダイナミックにはずむEカップ乳に心を奪われ、大人の矜持《きょうじ》が働かない。

「あの。あの、あの。あ、ちょっと……」

最後に残ったボクサーパンツまで、無造作にズルッと下ろされた。

露出したのは五分勃《だ》ち、いや、正直に申告するなら七分勃ち程度にまで勃起した、浅ましいペニスである。

これ以上大きくなってもよいものかとまどってでもいるかのように、少しだけ亀頭を下に向けている。

「わあ、すごい……こ、こんなにおっきいなんて……」

「あっ……」

半裸の若妻は、シックスナインの体勢で昌彦にまたがってきた。はちきれんばかりに張りつめた、見事なヒップがドドンと眼前に突きだされる。

小さなパンティが窮屈そうに布を張りつめている。今にも音を立てて、裂けてしまいそうなほどである。

しかし、それに驚いている余裕はなかった。いきなりヌルヌルした温かいものが、七分勃ちの怒張を全方向から包みこむ。

……ぬぢゅっ。

「うわあ、お客様……」

「むふう。違うの。結衣ちゃんなの。結衣ちゃんって呼んで。んっんっ……」

……ぢゅぽぢゅぽ。ぴちゃ。ぢゅちゅっ。

「おおお……」

「あぁン、おち×ぽおっきい……口の中に入りきらないよう。んっんっ……」

結衣はあっという間に、卑猥でセクシーな啄木鳥《きつつき》になった。しゃくる動きで顔をふり、猛《たけ》る勃起を舐めしごく。

「うわっ、うわあ……」

昌彦は不様にうめき、全身をこわばらせた。股の付け根からゾワゾワと大粒の鳥肌が全身に広がる。

結衣は思いきり、口の粘膜でペニスを締めつけていた。そんな粘膜が上へ下へとすばやい動きでピストンされる。

粘膜がカリ首をヌラヌラと擦り立て、うずく肉幹を絞りこんだ。

こんな風にされるだけでも悶絶ものの快《こころよ》さ。

その上結衣はぬめる舌まで動員し、亀頭を舌先でえぐったり、カリ首をグルグルと舐めまわすようなまねまでする。

「おおお、お客様……」

「結衣ちゃんなの。結衣ちゃんなの。ねえ、あなたもしてよう」

酩酊した結衣は舌ったらずな言い方で訴え、両手を自分のヒップにやる。

(うおおおおっ！)

つるんと尻からパンティを剝いた。まん丸に盛りあがる大きな臀丘と、谷間の底が露わになる。

尻渓谷の底でひくつくアヌスは、乳輪とよく似た淡い鳶色。すぼまる肛門があえぐかのように、弛緩と収縮をくり返す。

ズルッ、ズルズルッ……。

「ああ、そんな。おおお……」

結衣はさらにパンティを下降させた。

ヒップの眺めにつづいて露出したのは、いよいよ究極の部分である。

「えっ」

眼前にさらされた秘密の部分に、昌彦は息を呑んだ。

(パ、パイパン？)

思わず口を開け、エロチックな光景に見入る。

つるつるだった。

あどけなさの残る顔立ちのイメージそのままと言ってもよい。

ヴィーナスの丘には陰毛一本、どこにも生えていなかった。

肉土手は、ミルキーな乳白色をやわらかそうに見せつける。

しかも股間に走っているのは、年端もいかない少女を思わせるタテひと筋の亀裂である。

「おおお……」

「きゃん。おち×ぽ、ピクンって……んっんっ……」

……ぢゅぽ、ぴちゃ、ぢゅちゅ。

反射的にペニスがピクンと脈動した。見てはいけない禁忌《きんき》なものを目にしているような背徳感を覚えた。

(うう……もうだめだ！)

目にしてしまった峻烈《しゅんれつ》な絶景と、怒張を舐めしごかれる刺激に、とうとう辛抱がきかなくなった。

——私をお嫁さんにして。

酔った上でのたわごとなのだろうか。

意外に本気という可能性はないか。

いや、もしかしたら、けっこう本音なのかも知れない。

そうだとしたら、俺はこの若い女とこの宿を……二人で……二人で——！

「ゆ、結衣ちゃん」

「ああン……」

ガッシと尻肉に指を食いこませる。

理性を完全に喪失した昌彦は、幼子さながらのあどけない女陰に、息づまる思いでむしゃぶりついた。

「きゃあああ」

ふるいついたとたん、結衣は背すじをしならせ、たまらず男根から口を放した。

「おおお。結衣ちゃん！」

……レロレロ。ピチャ。

「うあああ。し、しびれちゃう。ま、昌彦さん。あああああ」

「はぁはぁ。はぁはぁはぁ。んっんっ……」

めったやたらに舌を躍らせ、いたいけなワレメを上下にほじった。

もともと発情していた女陰は、そんな昌彦の熱烈な舌責めに、見る見る猥褻な花を咲かせ、蓮の花の形に広がっていく。

剝きだしになった粘膜は、桜のような色をしていた。淡いピンクの色合いは、いかにも幼く、ういういしい。

昌彦はさらに鼻息を荒げた。

「はぁはぁ……結衣ちゃん。寂しかったの？　んっんっ。こんな風に、オマ×コいっぱい誰かに舐められたかった？　んっ……」

言いながら、さらに激しく恥裂の間を、舌でえぐるように舐めしゃぶる。

「うああ。な、舐められたかった。寂しかったの。どうしていいか分からなかった。ああ、とろけちゃう。感じちゃうの。んっあああ。んっ……」

「おおお……」

またしても結衣は、昌彦の勃起をくわえこんだ。

ぢゅぽぢゅぽと生々しい粘着音をひびかせて、口の裏側の粘膜と、ざらつく舌でいきり勃つ男根をしゃぶり尽くす。

「くぅ、結衣ちゃん。んっんっ……ああ、オマ×コから、どんどんいやらしい汁が」

しつこく舐めれば舐めるほど、あどけない陰唇はその眺めにも似合わない、意外に濃くて大人びた蜜を、ブチュリ、ブチュブチュと分泌させる。

甘酸っぱくて艶めかしい匂いが、見る見る室内に湧きあがった。湿った熱気がムンムンと、さらに色濃く立ちこめる。

「うああ。し、汁出ちゃう。気持ちいいの。ああ、だめ、ゾクゾクするンン。ああ、気持ちいい。昌彦さん、オマ×コ気持ちいいよう。うあああ」

「おお、結衣ちゃん……結衣ちゃん！」

淫らにとろける若妻に、昌彦の欲望が爆発する。大事な客に対して、決してしてはいけないことを、昌彦はしてしまう。

「あぁぁァン……」

結衣の膝からパンティをずり下ろし、全裸にさせた。

そして、こちらへ向けさせようとする。結衣の口から、ちゅぽんと音を立て、どす黒い男根が引き抜かれた。

エスコートするように、昌彦のほうへ彼女を向かせた。

唾液でヌルヌルになったペニスを手にとり、一気呵成に膣の奥へと、ズブッ、ズブズブッと挿入した。

4

「あああああ」

「くうぅ、結衣ちゃん。オ、オマ×コ……奥まですっごいヌルヌルだよ」

極太を飛びこませたそこは、淫らな欲望を露わにしていた。たっぷりの淫蜜でヌメヌメと粘り、膣ヒダの感触さえ、定かではなくなっている。

「ああ……ああ、すごい。おち×ぽ、やっぱり大きいわ。んあああ……」

性器を根元まで埋めこむと、結衣は背すじをしならせ、天を仰いで歓喜の言葉を口にした。

「結衣ちゃん、ち×ぽ、おっきい？　そらそら……」

……ぐちゅる。ぬぢゅ。

「あああ。ああああ」

騎乗位の体勢で覆いかぶさった結衣を、いよいよペニスで責めはじめた。しゃくる動きで腰をふり、淫らにぬめる牝壺を肉スリコギでかき回す。

「ああ、動いてる。いやン、なにこれ。ああ。すごい奥までち×ちんがあああ」

「ち×ぽですよ、結衣ちゃん。おち×ぽ」

「うああ。ち×ぽ。ち×ぽがあああ。ち×ぽがゴリゴリ動いてる。すごい、すごい」

「どこで動いてるの。そらそらそら」

恥も外聞もなく淫語を連呼してよがる結衣に、こちらもさらに劣情が増した。さらに腰をグラインドさせ、猛る勃起で膣内をかき回す。

「ああああ。ああ、グリグリすごい。すごいィン。あああああ」

昌彦のいやらしい肉棒責めに、結衣はますます狂乱した。

短い髪をふり乱し、あんぐりと開けた口から、粘つく唾液をしたたらせる。糸を引いてしたたった唾液が、ビチャビチャと昌彦の顔をたたく。

「気持ちいいでしょ、結衣ちゃん。ねえ、どこほじられてる。んん？」

「うあああ。オマ×コ。結衣のオマ×コおお。あああああ」

「もっとしてほしい？」

そう聞くと、バツンと激しく股間で結衣のヒップをたたいた。

「あああああ」

強い衝撃に耐えかね、結衣は体勢をくずす。

突っ伏すように抱きついてきた。

そんな若妻を抱きとめ、背中にムギュッと手をまわす。

マシュマロさながらの豊乳が、ふにゅりとやわらかくひしゃげてつぶれた。硬くしこった二つの乳首が胸板に食いこんでくる。

「くぅ……も、もっとしてほしい？」

「うああ。あああああ」

ネロネロと耳を舐め、耳の穴に息を吹きかけながらささやいた。

するとと結衣はさらにあえぎ声を上ずらせ、せつない思いを伝えるかのように身をよじり、腰をグラインドさせる。

「し、してほしい。もっといっぱいしてほしい。昌彦さん、エッチな女でもいい？　エッチな女でも、お嫁さんにしてくれる？」

涙混じりの声で、懇願するように結衣は聞いた。やはり気持ちは本気かも知れないと、甘い期待で胸が躍る。

「結衣ちゃんは――」

「結衣って呼んで」

問いかけようとすると、昌彦にしがみつきながら結衣が言った。

「えっ……」

「呼び捨てがいい。お嫁さんになるなら、呼び捨てがいい。距離が縮むの。一気に縮むの。頑張るから、ここにいさせて。いろんなこと、全部教えて」

「おおお……」

昌彦は胸を締めつけられる。なんとかわいいことを言うのだろうかと、天にも昇る気持ちになった。

いろいろなこと全部教えて、だって。フフ、かわいい。

そうか、そうか。それではまず、意外に俺のペニスが気持ちいいことを、今夜はしっかりときみに教えてやろうではないか。

「分かったよ。それじゃ、いっぱい突いてあげるからね。そらっ」

――パッシィイン！

「あっあああああっ」

耳朶《みみたぶ》に口を押しつけ、ささやきながら言うと、昌彦は腰をしゃくり、膣奥深くまで男根をえぐりこむ。

「ああ、すごい……奥に……すごい奥に……昌彦さんのおち×ぽが」

「亀頭だよ」

――パッシィイン！

「うあああああ。ああ、き、亀頭……亀頭がめりこんでるンン。私の子宮に……」

「子宮なんてもんじゃない。これはね、結衣……グチョグチョマ×コだ！」

ささやくや、またしても亀頭を子宮口深く突きたてた。

「あっあああああっ」

結衣は裸身をこわばらせる。胎肉におぼえる甘く激烈な電撃に、我を忘れた声をあげる。

「いやらしい子だ。オマ×コ、こんなにヌッチョヌチョにして」

「うああ。あああああ」

なおも淫靡にささやきながら、ズンズンと膣奥深くまで男根をたたきこむ。

……グチョ、ヌチョ、ヌチョッ。

「ああ、昌彦さああん。結衣のグチョグチョマ×コがエッチな音を立ててるよう。ぅあああああ」

「くぅ。気持ちいいなあ。結衣のオマ×コ、すごくとろけてる」

「いや。感じちゃう。あっあっ、あああ。耳に息吹きかけながらささやかれると……。そこ弱いの。感じちゃう。いっぱい感じちゃうンン」

とろけるような快感に恍惚《こうこつ》としつつ、結衣は耳からの刺激にも反応する。

そうか、耳が性感帯か。

そうだと知れば性感帯を刺激しないわけがない。

「結衣のオマ×コ」

「はあぁん。あっあああああ」

舌を突きだし、ほじるように耳の穴を舐めしゃぶりながら、いやらしい声でささやいた。

「気持ちいいなあ。気持ちいいなあ。結衣のオマ×コ」

「いやああ。そんなこと言わないで。ああん、あんあん。さ、ささやかないで。オマ×コにキュンってきちゃう。きちゃうよう。あああぁ」

自己申告をしたとおり、そうとう耳が感じるようである。さらに激しく身をよじりつつ、結衣はいちだんと強い官能におぼれていく。

「ねえ、結衣は？　結衣はオマ×コ気持ちいい。んん？」

「ヒィイン。ヒイイィイン」

バツン、バツンとリズミカルに、しゃくる動きでワレメの奥へとペニスをえぐりこんだ。

体熱をあげた裸身が次第にじわりと湿気を帯び、汗の甘露を湯気とともに、艶めかしく滲ませだす。

ヌメヌメした膣ヒダとカリ首が擦れ、甘酸っぱい悦《よろこ》びがひらめいた。

(おおお……)

「うああ。昌彦さん、昌彦さああああん」

「はぁはぁ……ゆ、結衣、オマ×コ気持ちいい？」

――パッシィイン！

「あああ。き、気持ちいい。昌彦さん、オマ×コいいよう。いいよう。気持ちいいンンン！」

「エッチな人だ」

「ああ、ささやかないで。耳もとでそんなことささやかないでえええ」

「エッチ。スケベ。エロマ×コ」

「あああ。ああああああ」

「結衣のエロマ×コに、でっかいち×ぽが刺さってる」

「あああ。興奮しちゃうよう。ああああああ」

乱れる若妻に、ますます興が乗った。

カクカクと腰を動かし、ペニスで膣洞をかき回す。耳の穴に卑語をささやき、よがり狂う結衣を追いこんでいく。

「ねえ、分かるでしょ。結衣のマ×コに、でっかいち×ぽ刺さってる」

「うあああああ」

「そうだよね」

「ああ、ささやかないで。オマ×コがジンジンしちゃうよう。これ弱いの。変になる。オマ×コもっと変になるううう」

「でっかいち×ぽのせい？」

——パッシィイン！

「あああ。でっかいち×ぽのせいなの。でっかいち×ぽのせいィイ」

(ああ、気持ちいい！)

「でっかいち×ぽのせいで、オマ×コ、エッチな汁でいっぱいになっちゃう？」

——パシッ！　パッシィイン！

「うあああ。し、汁。汁出ちゃう。でっかいち×ぽでかき回されて。あああああ。エッチな汁、いっぱい出ちゃう。アアン、ゾクゾクするンン。もうダメ。もうダメエエ」

「おお、結衣、結衣！」

……バツン、バツン。

「あっああ。昌彦さん。でっかいち×ぽ、ズボズボ来てるンン。あああああ」

みずみずしさあふれる美肌から、結衣はますます汗を噴きださせた。

吹き飛ばされまいとでもするかのように必死に昌彦にしがみつき、とり乱した淫声をうわずらせる。

「気持ちいい。ち×ぽ気持ちいい。ああ、お嫁さんにして、昌彦さん。毎晩このち×ぽでオマ×コかき回されたいの。あああああ」

（も、もうだめだ！）

結衣は理性を麻痺させ、獣の悦びによがり狂った。

噴きだした汗が昌彦の肌と擦れ、ネチョネチョと汁ッ気たっぷりの粘った音をひびかせる。

遠くから耳鳴りが聞こえてきた。その音に潮騒《しおさい》のようなノイズが重なり、次第にそちらがボリュームを増す。

「おお、結衣……くぅう、結衣っ！」

――パンパンパン！　パンパンパンパンパン！

「あっあああ。とろけちゃうンン！　イッちゃうよう。イッちゃうよう。あああ。あああああ」

「おお、イク……」

「あああああ。あああああああっ‼」

――びゅるる！　どぴゅっ、どぴゅっ！　どぴぴっ！

オルガスムスの電撃に脳天からたたき割られた。

全身がペニスになったようなエクスタシー。昌彦は膣からペニスを抜き、煮こんだ精液を若妻の尻にたたきつける。

「おおお……」

ドクン、ドクンと脈動する音まで聞こえそうだった。

臨界点を突破した肉棒は、激しい勢いでザーメンを吐き、膨張と収縮をくり返す。

栗の花を思わせる独特な香りが、室内にただよい出す。

「あ、ああ……いやン、すごい……いっぱい……いっぱい、精液、が……」

「あっ……」

とろけるような心持ちで、射精の快感に酔いしれた。

そんな昌彦を我に返らせたのは、おもねるような甘さをにじませた結衣の震え声である。

どうやらいっしょに達したようだ。

ビクン、ビクンと汗まみれの裸身を、官能的に痙攣させる。

「うーうー」とうめきながら首筋を引きつらせた。奥歯を嚙みしめた唇の間から、泡立つ唾液を糸を引いてしたたらせる。

「結衣……さん……」

「ああ……呼び捨てで……いいの……呼び捨てで……」

気づかう昌彦に、なおも痙攣をくり返しながら結衣は言った。濁った瞳が揺らめいて、恍惚の余韻を色っぽく伝える。

「いいのよね……ここに、いさせてくれるのよね……」

「結衣……」

「うれしい……うれしいの……あああ……」

結衣はあらためて昌彦に抱きついた。甘えるようにスリスリと、汗ばむ頬を彼の首筋に擦りつける。

（この子と……結婚……？）

それは、思わぬなりゆきだった。

だが、こんなかわいい女性と所帯が持てると思うと、自分でも意外なほど、激しく心が昂《たか》ぶってくる。

「昌彦さん……私、幸せだよう……」

結衣はそんな昌彦に、さらにスリスリと甘えてくる。

昌彦は甘酸っぱく胸を締めつけられた。まだなおひくつく肉棒が、ピクンと跳ねて精液の残滓《ざんし》を飛びちらせた。

「お世話になりました」

無邪気にも見える笑顔とともに、結衣はぺこりと頭を下げる。

「ありがとうございました。気をつけてお帰りください」

そんな結衣に、完璧にも思える営業スマイルで、仲居の綾乃が快活に応じた。

「はい。綾乃さんには本当にいろいろと、よくしていただいて」

「いえいえ。とんでもございません」

感謝を伝える結衣に、綾乃は手をふって謙遜《けんそん》した。着物の袖がつっとずれ、白い細腕が艶めかしく露わになる。

三浦家の玄関前。

昌彦が結衣と熱い痴態をくり広げた翌日のことである。

「ご主人も。ほんとにありがとうございました」

結衣は目を細め、もう一度会釈をして昌彦に礼を述べた。

「……おいっ」

「あたっ……」

なにか言えこらとばかりに、綾乃に肘鉄をくらう。

昌彦はあわててとりつくろい——。

「い、いろいろといたりませんで、申しわけありませんでした。あの……ほんとにどうぞ、お気をつけて……」

硬くなってしまう表情を必死に動かし、作り笑顔で返事をする。

「はい、どうも。それじゃ」

結衣はキュートに手をふると、バッグを手に通りへと出ていく。綾乃はにこやかに微笑んで、そんな結衣に手をふりつづけた。

「行っちゃったわよ、あなたの奥さん。いいの、追わなくても」

結衣の姿が消えると、からかうように綾乃は言った。

「追いかけるなら今よ。走りかた、わかる？」

「……なにもおぼえてないんじゃ、どうしようもないだろ」

綾乃のいやみに応じる元気も、正直昌彦にはない。

そう。

結衣はなにひとつ、昨夜のことをおぼえていなかった。あれだけ飲んだというのに二日酔いにもならず、ケロッとした笑顔で、朝起きると昌彦に言った。

――おかげさまで、とてもリフレッシュできました。私、タッちゃんとも夫とも別れて一からやり直そうと思うんです。それしかないと思っていたけど、ここにきてようやく決心できました。帰ってすべてをリセットします。一から心機一転やり直しです。素敵なパートナーとの出逢いを求めて。

腰が抜けそうになった。

まさに膝カックンである。

だが懸命に耐えた。

これほど笑顔を作ることに苦労がいったこともない。

そんな昌彦を見て、綾乃が笑いをこらえているのがよく分かった。何しろ、結衣が自分のお嫁さんになるという話を得意げに彼女に語っていたのだ。

笑うなというほうが無理かも知れない。

「あーあ。行っちゃった」

遠ざかる靴音も聞こえなくなると、綾乃が歌うように言った。

頼む。おかしいのは分かるが、そんなに楽しそうに言わないでくれ。

「ねえ」

「……ああ？」

「もう笑ってもいい？　あ、だめ。笑いそう」

「……勝手にすれば」

「あはははははは」

ついに綾乃は、身体を折って笑い出した。

「もー無理。我慢できない。ひー、おかしい。死ぬ死ぬ。あははははは。ひー」

「好きなだけ笑ってくれよ……」

身をよじって笑う綾乃に、肩を落として昌彦は言った。

「あはははは。苦しい。死ぬ。助けて。ひー」

うららかな春の日差しが降りそそぐ中、綾乃はお腹を押さえ、うしろに腰を突きだして大笑いした。

第四章　美熟女と桜の木の下で

1

「綾乃さん。分かってくれてると思うけど」

結衣を見送ったあの日から、二週間ほど経っていた。

帳場の裏にある小さな事務所。

ＰＣに向かっていた綾乃に、居住まいをただして昌彦は言う。

「……なに？」

綾乃はキーボードをたたく手を止めた。きょとんとした顔で昌彦を見あげる。

「これも……れっきとした仕事だからさ」

「ふーん」

言いわけめいた言葉になってしまったろうか。昌彦はひやりとしながら、ジト目で見あげてくる綾乃を見る。

「仕事ねえ」

ＰＣに向かって再び指を動かしながら、からかうように綾乃が言った。

「ずいぶんウキウキして見えるけど。社長って、そんなに仕事好きだったっけ」

「そ、それはもちろんそうさ。仕事が好きだから、現にこんな風に、宿の再生事業にも本気で取り組んでるわけだし」

イヤミたっぷりに言われ、思わず胸を張ってみせる。

だが綾乃は、そんな昌彦をしらけたように見あげて、

「ほー。さいでございますか。ここんとこ、ちょっとそれも上の空のように見えたんだけど、私の気のせいだったのね」

またしてもＰＣに向かい、指を動かしつつ歌うように言う。

「気のせいに決まってるじゃない。そもそも、どうしてそんなことを――」

「お待たせしました」

そのとき、昌彦の背後で鈴の鳴るような声がした。耳に心地いいその声に、昌彦は胸をはずませる。

「いえ。とんでもありません」

返事をする声のトーンが、ついあがった。

結衣を見送ったあのときは、笑顔ってどうやって作るんだっけと途方にくれたほど
なのに、自然に浮かんだ満面の笑みが昌彦の顔面をとろけさせる。

(ああ……)

ふり返った先に見えたのは一人の美女——笠原亜希子《かさはらあきこ》、四十歳。見目うるわしき人妻が、帳場から首を伸ばしてこちらを覗いている。

スレンダーな肢体から、清楚なはかなさがにじみだしていた。

卵形の小顔を、ウェーブのかかった栗色の髪がセクシーに彩《いろど》っている。波打つ髪の先が肩甲骨《けんこうこつ》のあたりで、ふわり、ふわりと優雅に躍った。

奥ゆかしさを感じさせる大人の女ならではの美貌は、知性も品格もしっかりとそなえた、上流階級の淑女のようだ。

庶民レベルの男ではめったに逢うこともかなわない、高貴な美貌がそこにあった。

四日前から、彼女はずっと連泊していた。

清純そうな美しさにひかれた昌彦が機会を作って話しかけたおかげで、いつしか向こうも少しずつ彼に心を開くようになっていた。

「ご用意、よろしいですか」

ニコニコと相好をくずし、亜希子に語りかける。昌彦は半纏を脱ぎ、薄手のジャンパーを身につけた。

「ええ、お待たせしました」

「いえいえいえいえ。そ、それじゃ、ちょっとお客様のご案内をしてくるから」

昌彦は無理やり真面目そうな顔つきになり、綾乃に言った。

「はいはい……お気をつけて行ってらっしゃいませ」

綾乃は昌彦にそう言いつつ、客である亜希子には、そつのない笑顔でにこやかに応対する。

亜希子はそんな綾乃に上品な態度で頭を下げた。

事務室からロビーに出た昌彦は、

「それでは、ご案内します」

折り目正しい調子で言い、亜希子をエスコートして宿をあとにした。

四月もそろそろ終盤。

この地方では、桜が満開の時期である。

宿から四十分ほどさらに山奥に行ったところに、村人でもあまり行かない、桜と菜の花のきれいな場所があると話すと、ぜひ行ってみたいと亜希子は言った。

そんな亜希子の申し出に、昌彦は浮き立った。

彼女が宿に現れたときから、胸躍るものがあった。香澄のときも結衣のときも、ドキドキするものは大いにあったが、亜希子に対するドキドキの熱量は、それらを上まわる。

どこかに陰を感じさせる、はかなげなたたずまいがたまらなかった。

ひかえめながらも、言葉を交わしあううちに見せてくれるようになった、やさしい気立てにも、心ひかれるものがあった。

なによりも、亜希子が現れてくれたことで、結衣を思いださなくなった。

(なんか、うれしいな)

「けっこう暖かいですね、今日は」

亜希子と並んでゆるやかな坂道を歩きながら昌彦は言った。胸の鼓動がとくとくと、甘やかにきざまれる。

「そうですね。ほんと、いいお天気」

亜希子は穏やかに応じ、深呼吸でもするように両手を広げ、目を閉じた。

(きれいだ)

そんな亜希子の楚々とした美しさに、あらためて胸をときめかせる。

落ち着きのある、上品な白さが印象的なカットソーとレースのスカートの組みあわせ。センスのよさを感じさせるトレンチコートも好感度大である。

（まさに、今どき珍しい大和撫子《やまとなでしこ》って感じだよな）

のどかな里山の風景の中、村の人間しか知らないような草花のうんちくを、あれやこれやと語りながら、昌彦は亜希子と並んで歩いた。

孤独な陰を感じさせるのは、この人の見た目のせいばかりでは決してない。

精神的に弱かったという夫は、物書きだった。文筆の仕事に行きづまり、離婚届に判を押し、突然蒸発してしまったという。

それからもう、二年の月日が流れているとのことだった。

離婚届のかたわらには「俺のことは忘れてくれ」という置き手紙が、いっしょに残されていた。

そのことを、問わず語りに亜希子は二日前、涙ながらに話してくれた。

夫が残した離婚届は、まだ手もとにあるという話であり、彼女はいまだ人妻だった。

涙に濡れる彼女の姿を見るかぎり、ずっと忘れずにきたのだろう。

だが、そんな亜希子も、ついに心に変化があった。

――いつまでも過去を引きずっていてはだめだと思ったんです。三浦家さんで心身をリフレッシュしたら、役場に離婚届を出しにいこうと決めて、ここに来ました。

亜希子はそう言って、それまでになく華やいだ、明るい笑顔を見せてくれた。

そしてそんな彼女の笑顔を見て、昌彦はますます舞いあがった。

気に入られたいという下心もあり、誠心誠意サービスに努めた。

客商売に生きるものとしては御法度《ごはっと》だったが、ちょっとだけ、他の客よりいろいろとオマケもしてやった。

昨夜の夕飯のときは料理の説明だけでなく、彼女に乞われて雑談の話し相手も嬉々として務めた。

今度は結衣のときのような醜態はさらさなかった。そもそも亜希子は下戸《げこ》らしく、酒は一滴も口にしない。

――いい人なんですね、三浦さんって。

亜希子はそう言って、ほんのりと頬を赤らめた。新しい人生を生きたいのだと話す亜希子に、自分がどんな風に離婚の痛手から立ち直れたのかを話して励ましてやったときのことである。

(こんな人といっしょに、旅館の仕事ができたらいいだろうな)

しとやかな挙措で横を歩く亜希子を見て、昌彦は思った。

すらりと細身の肢体は、着物が似合いそうだ。

髪をアップにまとめ、白いうなじでも出されたら、あまりの色っぽさにクラクラときてしまうだろう。

（いかん、いかん）

こほんと咳払いをし、亜希子に微笑んでさししめす。

木立を抜けると左手に、いよいよ桜並木と菜の花の絶景の景色が広がっている。

「わあぁ……」

そしてとうとう、二人は目当ての場にたどりついた。

昌彦が自慢に思っている景色を目にするや、亜希子は歓喜の声をあげて絶句した。

両目を見開き、息を呑み、手を口に当てて景観に見入る。

細い小川の両岸に、たくさんの桜がどこまでも咲き誇っている。そんな桜の足もとには、菜の花たちが愛くるしい黄色い花を咲かせていた。

それは夢幻の光景だった。

この世のものではないようにも見える。

よその街からきた亜希子が、感激するのも無理はない。桜たちの上には抜けるような青空が広がり、白い雲がのんびりと、眠たげな様子で移動をしている。

「すごいですね。こんな素敵な桜と菜の花、はじめて見ました」

思っていた以上の光景だったのか、声をふるわせて亜希子は言った。

「そうですか。よかった、お見せできて」

亜希子の反応に得意な気持ちになり、昌彦は胸を張って言う。

それではちょっとばかり、この桜並木のうんちくも語ってやろう——そう思い、ニコニコしながら亜希子を見た。

(あ……)

だが、今度は昌彦が絶句する番だった。

泣いている。

亜希子は桜と菜の花の景色に見とれながら、清楚な顔をクシャクシャにし、澄んだ瞳から涙をあふれさせている。

「亜希子さん……」

とまどって声をかけた。

「ごめんなさい。いやだ。なにを泣いているんでしょう、私ったら」

亜希子は我に返り、鼻をすすって笑顔になる。

（感受性が豊かな人なんだな）

そんな亜希子の反応にも、昌彦はさらに好感を抱いた。

「平気ですよ。さあ、行きましょう」

やさしく笑ってみせながら、嗚咽する亜希子を、桜並木の中へとエスコートした。

奥へと入っていくと、ベンチの置いてある、のんびりできるスペースがある。

そこに座って花見をしようと決めていた。

2

「本当に素敵なところ。こんな場所が、まだ日本にもあったんですね」

桜並木の下にある、古ぼけたベンチの置かれたちょっとした空間。

昔は花見客などが使用していたようだが、もっと便利な場所に花見ができる桜並木があるため、いつしかここには、あまり人が来なくなっていた。

そんなベンチに二人きり。

昌彦と亜希子は、桜と菜の花の景色を並んで見あげ、見下ろした。亜希子はコートを脱いでいる。

「こんな辺鄙《へんぴ》な村ですけど、だからこそ見られる景色も、あるのかも知れませんね」

昌彦はそう言って、亜希子に微笑んだ。

「まるで、天国みたいな景色……」

亜希子はまた桜を見あげ、ため息混じりに言う。涙で濡れた瞳には、どこか感傷的な気配があった。

「あれ。あ、亜希子さん……」

昌彦はまたうろたえる。

亜希子が顔をおおい、再びしゃくりあげはじめたのである。

「どうされました」

「ごめんなさい。ごめんなさい……ううっ」

声をかけても、亜希子は泣きじゃくるばかりだった。顔をおおって背を丸め、哀切な泣き声をひびかせる。

昌彦は、それ以上声もかけられない。

どうしていいのか分からなくなり、話しかけようと思ってはやめ、またなにか言おうとしては、思いとどまることをくり返す。

「だめな女ですよね、私……」

鼻をすすり、あふれ出す涙を拭いながら、やがて亜希子は言った。

「でも、思いだしてしまって」

「……なにを、ですか」

「主人と……」

声を詰まらせ、泣くまいと必死に耐える顔つきになる。桜の花を見あげ、嗚咽をこらえて亜希子は言う。

「主人と、こんな風に桜の花を見に出かけた、遠い昔のことを」

「あ……」

「あのころは、主人も仕事がとても順調で。他愛もないことに二人で笑いころげたり、露天で買ったたこ焼きをいっしょに食べたり……」

「亜希子さん……」

「そんなことを、思いだしてしまったんです。ああ……ごめんなさい、ついセンチメンタルになってしまって」

気持ちを切りかえようとするかのように、亜希子は大きくため息をつき、白い歯をこぼした。

その目にはまだ涙があったが、乱れた感情はととのいだしてきたようだ。

「い、いいんですよ。そうやって、全部吐きだしてください。そのための三浦家です。そのために、こんな遠いところまで亜希子さんは来たんです」

昌彦はそう言って、亜希子を気づかった。

「やさしいんですね……」

亜希子は、まぶしいものでも見るように目を細めて昌彦を見る。

「でも……あまりやさしくしないでください」

「えっ」

複雑そうな顔つきになって言われ、思わず聞き返した。

すると亜希子は——。

「フラフラって……なっちゃいそうです。だって三浦さん……やさしすぎるんですもの。さびしい女には危険です。危険人物。ウフフ」

「亜希子さん……」

昌彦はバクバクと胸の鼓動が速まった。

なんだこのいい感じの雰囲気は。

ちょっとこれは、期待していた以上の展開ではないだろうか。

(俺のこと、やっぱり……好感を持ってくれている……?)

昌彦は緊張しながら、尻をもじつかせた。

亜希子との間にいい雰囲気を感じることは、これが初めてではなかった。だからこそ、こんな風に特別な場所まで連れてきた。

だが唐突に、こんな好意的なことを言われると、やはりどうしても心の余裕がなくなる。

いい歳をして、頭の中がぼんやりしてしまう。

「でも……ほんとにきれいな風景」

そんな昌彦の狼狽《ろうばい》も知らず、亜希子は再び桜の花を仰ぎ見る。

「いろいろとつらくなったら、また見に来てもいいですか、この景色」

うっとりとした顔つきになって亜希子は言った。

そんな熟女のはかなげな横顔に胸がうずく。臓腑の奥から熱い感情が、どうしようもなくこみあげてくる。

「か、かまいませんよ。いつだって、お好きなときに見にきてください。と言うか……」

よそいきの言葉を口にしてから、居住まいをただした。あまりに理想的な展開に、心のブレーキがきかなくなっている。

（いいのか。おい、ほんとに言っちゃうのか）

そんな風に警告をする、もう一人の自分もたしかにいた。だがやはり、昌彦はもう自分を抑えられない。

「あ、亜希子さんさえよければ……ずっとここにいてくれたってかまいません」

「……えっ」

亜希子は驚いたようにこちらを見た。

ああ、言ってしまった。

昌彦は思う。

いくらなんでも、いささか気が早すぎたのではなかったろうか。だが、口にしてしまった言葉はもう戻せない。

「わ、分かってます。こんなことを言うには、まだお互い、知らないことが多すぎるってことは」

目を見開く亜希子の顔には、意外そうな感情が見てとれた。まさかこんなことを言われるだなんて、夢にも思わなかったとはっきりと書いてある。

「でも……でもね」

ええいままよと、昌彦は開きなおった。

「心をリセットして、一からやり直すおつもりだって聞いて……お、お、俺なんかでよかったら……亜希子さんを……支えることはできないかって……」

「三浦さん……」

「いけなかったですか。ねえ、だめですか」

「あっ……」

こみあげる感情をいかんともしがたかった。

両手を広げ、そっと亜希子を抱きしめる。

「み、三浦さん」

「だめですか。こんなこと、してはいけませんか」

感情を口にすると、言葉だけでは伝えきれない熱っぽいものに衝きあげられた。

やさしく抱きしめるつもりだったのに、気づけば亜希子をかき抱《いだ》き、せつない力で抱擁してしまう。

「ああ、三浦さん。ハウゥ……」

放してとばかりにあらがいかけたのは、最初だけだった。

強い力で抱きすくめ、首筋に顔を押しつけると、亜希子は艶めかしいあえぎをこぼし、天を仰いで身をすくめる。

「よかったら……ずっといてくれませんか、この村に」

「ええっ……？」

「この村で暮らして、この村だからこそ見られる四季の素敵な風景を全部亜希子さんのものにして、そして、そして……」

亜希子から身を放し、真摯に彼女を見つめる。

「俺といっしょに……三浦家を盛り立ててくれませんか。その……あの……」

「…………」

「女将《おかみ》さんとして」

「──っ。み、三浦さん……あっ、むンゥ……」

昌彦は四十路《よそじ》の熟女に口づけた。ふっくらとした朱唇がやわらかくひしゃげ、昌彦の勢いを受けとめる。

「んんぅっ……三浦さん。困ります。だめ。んあぁ……」

「いけませんか。迷惑ですか。俺、真剣です。嘘じゃない。亜希子さんさえいいのなら、そばにいたい。んっ……」

「んあぁっ。だめっ……あぁン……」

……ピチャピチャ。ちゅぱ。ぢゅる。

亜希子はとまどい、さかんに暴れる。

だが、血気にはやった昌彦には敵《かな》わない。

両手を突っぱらせ、亜希子は顔をそむけようとする。そんな熟女を自分に引きよせ、ちゅっちゅ、ちゅっちゅと熱烈に、肉厚の唇を吸いたてる。

「ムハァァ……だめです。あン、そんなことしたら……」

「亜希子さん。好きって言ってもいいですか。お嫁にほしいと言ってもいいですか」

「三浦さん」

昌彦の求愛に、亜希子はさらに動揺した。

しかし、もう昌彦はおかまいなしである。

「本当の気持ちです。いい加減なことを言っているつもりはありません。よかったら
……んっんっ……」

「むはぁ……」

「いっしょに……歳をとっていきませんか。んっんっ……」

「あぁん、三浦さん、さん……んっんっ……」

生々しい粘着音を立て、亜希子のくちびるにおのが唇を押しつけては吸う。

まじめに求愛しながらのねばっこい接吻責め。

てくる。

亜希子に変化があった。

最初はいやがっていたはずなのに、次第に抵抗の力を弱め、力が抜けたようになっ
「あぁン、三浦、さん。んっ……」

「亜希子さん。あ、愛しています。愛してる。んっ……」

「ハァァン……」

「舌出して。ほら……」

「は、恥ずかしい。あぁぁ……」

亜希子は求められるがまま、おずおずと舌を差しだした。

そんな亜希子のローズピンクの舌に、音を立てて舌を戯《たわむ》れあわせる。そのたび股間
が甘酸っぱくうずき、一気に血液が流れこんでいく。

スラックスの股間部がいきなり窮屈さを増してきた。

ペニスがムクムクと大きさを増し、下着もろともズボンの布を裂けんばかりに盛り
あがらせていく。

「はぁはぁ……み、三浦さん……むはぁ……」

やはり、キスの効果は絶大のようだ。

亜希子はますますとろんとなる。美麗な目には、先ほどまでとは別種の潤みが、しどけない感じであふれはじめる。

「私みたいな女に……」

すると、昌彦から顔をそむけて亜希子は言った。

「私みたいな女に、宿の女将さんなんて、つとまるでしょうか……」

「つ、つとまります。大丈夫、心配しないで」

「アァアン……」

これは間違いなく脈ありだと、昌彦は浮きたった。もう一度強く抱きすくめ、今度はうなじにキスをする。

「うあああ」

そのとたん、亜希子は派手に肢体をふるわせた。どうやらうなじが弱いようだ。キスの刺激で身体に火が点いたのに違いない。

3

「大丈夫。できます。俺が全部教えます。ああ、亜希子さん」

……ちゅっちゅ。ちゅぱ。ちゅう。

「あぁン。だめ、そ、そこ弱いの……アン、だめです、やめて。アン、いやん……」

「亜希子さん。亜希子さん」

急所だと分かってやめられる男が、この世にどれだけいるだろう。こんないい女に色っぽくよがられたら、やめるのは難しい。

「あああァン……」

「おお、やわらかい。亜希子さん、だめです。もう我慢できない……」

ちゅうちゅうとねちっこくうなじを吸いながら、とうとう乳房を鷲づかみにした。おそらくDカップ、八十三センチぐらいのボリュームに思えるふくらみだ。

つかんで揉めば服越しでも、とろけるようにやわらかい。

「ああ、だめ。揉まないで。いやン、いやン、あっあっ、首、吸わないで……ああ、しびれちゃう。困る、困る……あああ……」

「だめです。俺、もう頭がぼうっとしちゃって。ご、ごめんなさい！」

「あああああ」

亜希子へのせつない想いを伝えようとすると、やることなすことすべてがいやらしくなった。

愛の対象への熱い想いが卑猥にしかならないとは、神さまとはなんと殺生《せっしょう》なおかたであろう。

こらえきれずにスカートをめくりあげ、パンティを丸だしにさせる。

穿いていたのは、慎ましやかなベージュの下着だ。だが、そのなんの変哲もないような下着が、四十路の熟女には逆に色っぽい。

昌彦はますます鼻息を荒げた。パンティの縁から指を入れ、ワレメへと一気にすべらせる。

……ニチャッ。

「あああああ」

ヌルッとした淫裂に指が飛びこみかけた。

それだけで、亜希子は今まで以上にあられもない声をあげる。ベンチの上で艶めかしく身をよじる。

「ぬ、濡れてきています。はぁはぁ……亜希子さん、ねえ、分かるでしょ……」

思っていた以上にヌルヌルする女陰に、昌彦はますます興奮した。一度は止めた指を動かし、ぬめる恥裂の奥へ、奥へと迷うことなく埋めていく。

……ヌプッ、ヌプヌプヌプッ。

「うあああ。ああ、だめ……ああ、こんなところで……は、恥ずかしいです……」

亜希子は背筋をのけぞらせ、両手で昌彦を押しかえそうとする。しかし昌彦はひるまない。膣奥深くまで指を埋めると、

「大丈夫。誰も来やしません。だから安心して」

亜希子の耳に息を吹きかけ、膣内で指をピストンしはじめた。

……ぐちょ。ぬちょ。

「あああ。ああああああ。そんな。だめです。ああ、そんな……そんなことされたら。あっあっ、ああああ」

亜希子はますますとり乱す。

昌彦を押しかえそうとしていた腕は、いつしか彼の服をつかみ、しがみつくようになっていた。

必死に脚を閉じようとするものの、そのたびに昌彦が広げさせれば、とうとう広げたままになる。

「あああ。三浦さん。ああ、恥ずかしい。うあああ」

「恥ずかしがらないで。ああ、すごく濡れてる。我慢していましたか、亜希子さん。旦那さんがいない間、ずっと我慢の連続でしたか」

熱っぽい声でささやきつつ、指で膣内をほじくり返した。

「あああ。どうしよう。おかしくなっちゃう。おかしくなっちゃうンンン」

亜希子はいよいよ陥落寸前だ。

命じてもいないのに、ますます両脚を大きく開く。

清楚な美女がしていいものと思えない大股開きでぐったりとし、ぬめる淫肉をかきむしられ、はしたない悦びに獣になっていく。

「おかしくなって、亜希子さん。ねえ、旦那さんがいない間、我慢していましたか」

……ぐぢゅる。ぐぢゅる。ぬちょっ。

「うあああ。ああああああ」

「亜希子さん」

「ああ、恥ずかしい。が、我慢してました。ずっとずっと我慢してたの。寂しかった。誰にも言えなくて寂しかった。ああああああ」

昌彦のしつこい求めに、亜希子はとうとう白状した。今にも泣きそうな声を上ずらせ、誰にも言えなかった浅ましい思いを言葉にする。

「い、いいんです。それでいいんだ。もう我慢することない。そらそらそら」

うれしくなった昌彦は、Ｇスポットへと指の腹を移動させた。

「ヒイィ。み、三浦さん、そこは。ああ、だめ」

かつて夫にさかんに責められた場所だったのか、昌彦の指が押さえつける箇所に気づき、亜希子はさらに動揺する。

「大丈夫。気持ちよくなってください。イカせてあげます。そらっ」

そんな風に熟女に宣言すると、昌彦はGスポットを責めだした。

怒濤の勢いでざらつく部分を擦りたて、あらがいがたい快楽へと、熟れた女を引きずりこむ。

「あああああ。ああ、それだめ。ああああああ」

「どうして。どうして、亜希子さん。気持ちいいからでしょ」

「あああああ。ああああああ」

「気持ちいいからでしょ。んん？」

とりつくろうすべもない、ガチンコの吠え声。それを聞けば、答えなど聞かなくても分かっていた。

しかし昌彦は、しつこく亜希子に問いただす。これもまた、猥褻な責めのひとつだった。

「あああああ」

「気持ちいい、亜希子さん。んんん？」

「あああ。き、気持ちいい。気持ちいい。こんなことされたらおかしくなっちゃう。ずっとずっと我慢してきたのに、もうだめ。もうだめ。ああああああ」

「あっ……」

……ビクン、ビクン。

まるで稲妻にでも打たれたかのようだった。亜希子は派手に痙攣し、背もたれからずり落ちて倒れそうになる。

昌彦はそんな熟女をあわてて抱きとめ、あらためて抱擁した。もちろん片手の指は、変わらず秘唇に突き刺したままだ。

亜希子は昌彦の腕の中で、痙攣をくり返した。

指を締めつけるぬめり肉も弛緩と収縮をくり返し、思いがけないプレス感で、彼の指を絞りこんでくる。

「おお、亜希子さん……」

「はぁはぁ……はぁはぁはぁ……ああ、どうしよう。恥ずかしい……私、こんな女のはずじゃ……あああ……」

亜希子はまだなお、アクメの余韻から抜けられない。それでも昌彦に責めたてられ、不覚にも達してしまった自分を恥じた。

火照《ほて》った頬にさらに朱色が増したのは、羞恥にかられてのことだろう。

「恥ずかしがらないで。我慢しなくていいんです。もっと、俺が亜希子さんをメチャメチャ気持ちよくしてあげます」

「ああァン……」

昌彦は亜希子の膣から指を抜く。激しい動きのせいで、彼の指から愛蜜のツユが糸を引いて飛んだ。

もはやあらがう気力もなくしたように亜希子はぐったりとし、ベンチに身体を投げだしている。

「さあ、来てください」

「えっ。ハアァァ……」

昌彦はそんな亜希子の手を取って起こし、ベンチから移動した。

桜の森の、さらに奥へと分け入っていく。万が一、誰かが来ても気づかれない、人目につかない木の下を選ぶ。

「はぁぁン、三浦さん。あああ……」

太い桜の大樹に両手をつかせた。

バックから白いカットソーをめくりあげ、ブラジャーのホックをプチッとはずす。

「あああ……」

ブラジャーの締めつけから解放されたのは、ほどよいふくらみが印象的なDカップのおっぱいだ。

ふっくらと盛りあがる、やわらかな丸みの頂点では、濃い目の鳶色をした乳輪と乳首が、官能的な姿を見せつける。

乳首はすでにビンビンに勃《た》っていた。乳輪も、こんもりと乳肌からふくらんでいる。

「ふはぁぁ……」

亜希子の腰を両手でつかみ、クイッとこちらに引きよせた。

熟女は足もとをふらつかせ、されるがままになる。艶めかしくひるがえるスカートを、昌彦はまたしてもめくりあげた。

小ぶりなヒップに、乱れてよれたパンティが張りついている。秘唇のあたりの布は、じっとりと楕円形のシミを作っていた。

「アァアン……」

両手を伸ばし、熟女の尻からパンティを剥いた。小さな布がクシャクシャに丸まり、太腿の半分ほどまで下降する。

「うおお。亜希子さん……」

とうとうアヌスと究極の恥部が、昌彦の視線にさらされた。

どんなに清楚な美女だって、やはり陰唇は生々しく、扇情的だ。肉厚のラビアがべろんとめくれ、ローズピンクの膣粘膜が露わになっている。

剝きだしになった粘膜は、たっぷりの蜜で潤んでいた。牝割れ上部のクリ豆がいやらしく勃起して、肉莢《にくざや》からずるりと剝けている。

女陰の上を彩るのは、意外に濃密な陰毛の繁茂だ。

綾乃ほどみごとな剛毛ではなかったが、縮れた黒い毛がチリチリと、好き勝手な方向にそそけ立っていた。

肛門は、意外に濃い鳶色を見せつけている。尻の谷間が汗ばんで、汗の粒を無数ににじませていた。

見られることを恥じらうように、皺々《しわしわ》の卑猥なすぼまりが、何度も弛緩と収縮をくり返す。

（おおお……）

目にするだけで欲情するとは、まさにこのこと。女陰と肛肉の官能的な眺めに、昌彦はぐびっと唾を呑み、股間の一物《いちもつ》をうずかせる。

「あン、恥ずかしい……三浦さん……」

「大丈夫。すぐにそんなこと、どうでもよくなります」

恥じらって尻をふる亜希子に言い、昌彦はズボンに手をやる。

ベルトを解放した。

つづいてズボンのボタンを開け、ファスナーを下ろす。下着ごと、ふるえる指で一気に膝までズルッとズボンをずり下ろす。

──ブルルルンッ！

そのとたん、飛びだしてきたのはやる気満々の肉棒だ。天突く勢いで反りかえり、ぷっくりとふくらむ鈴口をさかんに収縮させている。

「あああ、い、いやあ……」

どうやらペニスの大きさに気づいたようだ。亜希子ははじかれたように顔をそむけ、艶めかしくあえいでかぶりを振る。

だが、四十路熟女の「いや」という言葉は、本音ではないと思った。

卑猥な蜜をにじませた膣穴が、ヒクヒクとうごめいている。

煮こみに煮こんだ濃い蜜を泡立てながら、ニヂュチュ、ブチュチュと、いっそうさかんに搾りだしていた。

4

「はぁはぁ……挿《い》れますよ、亜希子さん」

性器を露出させた昌彦は、亜希子の腰をもう一度引っぱった。

「あぁァン……」

亜希子はされるがままになる。目の前に、小ぶりながらも熟れた肉の乗った、まん丸なヒップが突きだされる。

それにあわせて、足の位置をととのえた。

いきり勃つ男根を手にとり、角度を変える。パンパンに張りつめた暗紫色の亀頭を、ぬめる熟女の割れ肉に押し当て、一気に腰を突きだした。

――ヌプッ。ヌプヌプヌプッ！

「あああああ」

「おおお。き、気持ちいい……」

性器をひとつにつなげるや、亜希子は天を仰いであられもない声をあげた。

カクッと肘が曲がり、目の前の幹にもたれる格好になる。昌彦はそんな亜希子に引っぱられ、一緒になってたたらを踏む。

熟女の淫肉は、得も言われぬフィット感。

吸いつくように怒張に密着し、波打つ動きであだっぽく締めつけてくる。

へたをしたら、すぐにも暴発してしまいそうな快さだ。

昌彦はあわてて奥歯を噛む。口の中いっぱいに甘酸っぱい唾液が湧き、背すじを鳥肌が駆けあがる。

「はうう、三浦さん……」

亜希子はもう一度両手を突っぱらせ、背後に尻を突きだした。

言葉にこそ出さなかったが、思いきり突いてくれと言われているように昌彦は感じた。

現に、踏んばる亜希子の両脚はふくらはぎがキュッと締まり、準備は万端と言っている。

「くうぅ、亜希子さん。ああ、亜希子さん！」

……バツン、バツン。

「うあああ。あああああ」

望むところだとばかりに、昌彦は腰を使いはじめた。

背後からおおいかぶさり、両手で乳房を鷲づかみにする。もにゅもにゅと、やわらかなおっぱいをまさぐった。しゃくる動きで腰を使い、うずく亀頭をヌラヌラと、膣ヒダの凹凸に擦りつけては子宮をえぐる。

「おお、亜希子さん。気持ちいいです。亜希子さんは？」

「あああ。ああ、どうしよう。あああああ。あああああ」

性器を擦りあういやらしい快感に、亜希子は獣の声をあげた。しかし同時に激しく恥じらい、髪を乱してかぶりをふる。

きっと理性などではどうしようもないほど、おかしくなっているはずだ。

何よりの証拠が牝肉である。

肉スリコギでかき回せば、ぐぢゅる、ぬぢゅると、いやらしい汁音を臆面もなくひびかせる。

「あああ、三浦さん。あああああ」

「ま、昌彦さんって呼んでください。もう俺たち、こんな仲です……」

「あああ。あああああ」

乳首をスリスリと指であやせば、亜希子はとり乱した声をあげる。

熱でも出たように、ぼうっとした顔つきになっていた。色白の小顔が真っ赤に染まる。さっきまで涙に濡れていた瞳には、ドロリとセクシーな濁りが生まれ、見開く瞳の焦点は、尻上がりにしどけなさを増す。

（マジで気持ちいい）

カリ首からひらめく甘酸っぱい快感にうっとりとしつつ、昌彦は乳から手を放した。上体を起こし、ヒップに指を食いこませる。か細い肢体を前へ後ろへと激しく揺さぶり、臀肉に股間をたたきつける。

「ヒイィン。あっあっ。あああああ」

そのたび小ぶりなおっぱいが、たゆんたゆんと房をふるわせ、勃起した乳首をジグザグに揺らした。

「あああ。うああああ」

亜希子は感極まったようにかぶりをふり、艶やかな髪をふり乱す。

「くうぅ、亜希子さん。昌彦さんって。ねえ、昌彦さんって呼んでください」

我を忘れてあえぐ熟女を、バックから責めながら昌彦は言った。じわり、じわりとあらがいがたい爆発感が膨張していく。

「あああん、ま、昌彦さん。昌彦さあああん」

「おおお……」

とうとう亜希子は、昌彦の名を叫んだ。これは絶対に、求愛を完全に受け入れたということだよなと、天にも昇る気持ちになる。

「おお、亜希子さん。亜希子さん！」

——パンパンパン！　パンパンパンパン！

「あああ。あああああ」

昌彦さんと呼ばれただけで、亀頭の感度が確実にあがった。昌彦は両足を踏んばり直し、怒濤の勢いで肉棒を、膣奥深くにえぐりこむ。

「ああ、激しいィンン。ンヒイィ。昌彦さん。昌彦さん。あっあああ」

狂おしさを増したラストスパートのピストンに、亜希子もまた、いちだんと声を切迫させた。

体重をあずける桜の大樹をかきむしる。昌彦が激しく突きあげるせいで、いつしか熟女の両脚は爪先立ちになっている。

跳ね躍るおっぱいの動きも、たっぷたっぷとせわしなさを増した。何回も円を描いて房を揺らし、虚空で乳首をふるわせる。

「ああ、昌彦さん。どうしよう。どうしよう。うあああ」

「気持ちいいですか、亜希子さん」

「気持ちいい。気持ちいい。昌彦さん、私もうだめです。あああああ」

亜希子は完全な獣になった。

恥も外聞もない声をあげ、胎肉をほじくり返されるはしたない悦びに、我を忘れて狂乱する。

（ああ、もうだめだ！）

昌彦は鼻息を荒くして腰をしゃくった。股間でヒップをたたくたび、亜希子の尻肉がひしゃげてふるえる。

臀肉は惚れ惚れするほど色白だが、昌彦の股間とぶつかる部分は真っ赤に変色している。じわりと汗の粒がにじみ、しっとり感が増している。

だが、ペニスでかき回す膣洞は、しっとりどころの騒ぎではなかった。

一気に淫蜜があふれかえり、グチョッ、ヌチョッ、グヂュグヂュと粘りに満ちた汁音をひびかせる。

「ヒイィン。ああ、奥。奥、奥、奥ぅンン。奥にち×ちん当たってます。いっぱいいっぱい当たってるンン」

「おお、亜希子さん。イキますよ。もうだめだ……」

膣奥深くに亀頭をたたきこんではすばやく抜く。

ポルチオ性感帯へのすさまじい鈴口連打に、発情した熟女は口から涎《よだれ》を垂らして狂乱する。

「うああ。あああああ。気持ちいい。奥、気持ちいいの。奥、奥、奥ンンン。もうだめ。だめだめだめ。ああああ」

「ああ、イ、イク……」

「あっあああ。うあああああっ‼」

——どぴぴっ！　どぴゅどぴゅ、びゅるる！

ひときわ派手な嬌声が桜の樹の下にとどろいた。亜希子の声を聞きながら、昌彦は脳髄《のうずい》を白濁させる。

ドクン、ドクンと陰茎を脈打たせ、精子を噴きださせる快感以外、何も考えられなくなる。

（最高だ）

「あ……ああ……はうう、昌彦、さん……」

亜希子もいっしょに、アクメに突きぬけたようである。目の前の桜の木に両手をあずけ、艶めかしく背すじをしならせて、絶頂の悦びに耽溺している。

「おお、亜希子さん。あああ……」

亜希子はビクビクと汗ばむ肢体を痙攣させた。昌彦も、亀頭からザーメンを飛びちらせるたび、不随意に身体をふるわせる。

「んあぁっ……すごい……こんなの、久しぶりで……もう私……なにが、なんだか……あぁぁ……」

「亜希子さん……はぁはぁ……」

妖しく濁った瞳を細め、亜希子は天を仰いで熱い吐息をこぼした。

その身体は、なおも痙攣を止められない。

昌彦は、そんな熟女の小さな尻に、ピタリと股間を密着させた。なおも陰茎を脈動させ、ドロドロの粘液を膣奥深くに、雄々しい力で注入した。

5

いつも客を見送っている、三浦家の玄関先。

「お、お世話に、なりました……」

別れの挨拶をする亜希子は、さすがに居心地悪そうだ。

「と……とんでも……ありません……」

応じる昌彦も、これまたぎくしゃくとしてしまう。

「綾乃さんも、お世話になりました」

「いえいえ、とんでもございません。よかったですね、ご主人から連絡が来て」

「え、ええ……」

ただ一人、綾乃だけがはつらつとしていた。

仕事なのだから営業スマイルは当然にしても、昌彦が気落ちをしている分、彼とのギャップがいささか激しい。

「それじゃ……本当に、これで……」

気づかわしげに、上目づかいで亜希子は昌彦を見た。昌彦は、そんな亜希子をチラッと見つめ、あわてて視線をそらす。

「は、はい。あの……どうぞ……お幸せに……」

それだけ言うのが精いっぱい。だが、そんな風にしっかりと言えた自分を、昌彦は誉めてやりたかった。

「ごめんなさい、昌彦さん……」

「……」

亜希子は小声で昌彦にあやまる。昌彦はなにも言えなかった。

美しい熟女はすまなさそうに彼から視線をそらし、もう一度綾乃に会釈をする。

「それじゃ……」

「お気をつけて」

綾乃は満面の笑顔で会釈し、手をふる。

荷物を手にした亜希子は、敷地の出入り口でもう一度こちらをふり返り、もうしわけなさそうに手をふった。

「ねえ。手をふってるわよ」

にこやかに笑って手をふり返しながら、綾乃が小声で昌彦に言った。昌彦はしかたなく、作り笑顔を浮かべて亜希子に手をふる。

亜希子はじっと昌彦を見ているようだった。

だが、やはり目はあわせられない。

やがて亜希子はもう一度会釈をし、昌彦と綾乃の前から完全に消えた。

「……まさか、失踪していた旦那から連絡があるとはね」

綾乃は、気づかう目つきで昌彦を見ながら言った。

「神社にも、いっしょにお詣《まい》りに行ったんでしょ」

「……うん」

「すごいわよね、氏神様。冗談抜きで、ほんとにすごい神さまなんじゃない？」

「まあ……そういうことだよね。ふう……」

昌彦は大きく息を吐き、気持ちを切りかえるように天を仰いだ。

二人は、並んだままだった。亜希子が消えた敷地の入口のほうを向いたまま、会話をしている。

「でも」

昌彦は、力のない声になった。

うつむいて、愚痴っぽい調子で言葉をつづける。

「やっぱり……再婚は難しいんだろうな。俺みたいに甲斐性のない、三十半ばすぎの男じゃ」

「……そんなに再婚したいわけ」

綾乃に聞かれ、昌彦は足もとの小石を蹴った。

「て言うか、ここまで立てつづけに失恋つづきだとさ、なんかメチャメチャへこむ」

「そうなんだ」

「うん」

「私じゃだめかしら。実は私、未亡人なの」

「……は？」

あまりにサラッと言われ、思わず聞き返した。

……今、なんて言った？　私じゃだめかな？　えっと、それって……。

「――えっ⁉」

ついすっとんきょうな声になった。昌彦はのけぞるように、隣の綾乃をマジマジと見る。

「うっ……」

すると、綾乃の小顔に見る見る朱がさした。

「そ、そんなに驚かなくたっていいでしょ」

言いながら、見られることが苦痛でならないというように首をすくめる。端正な美貌はあっという間に、見たこともないほど紅潮した。

「あ、あの……えっと……」

「じょ、冗談よ。冗談に決まってるでしょ、ばか」

「あっ……」

綾乃は言うと、逃げるように昌彦の前から駆けだした。

着物に身を包んだ、内股気味のしとやかな挙措で旅館の建物に飛びこんでいく。

「綾乃さん……」

思いがけない真実に、昌彦は呆然とその場に立ちつくした。

第五章　この快感は離さない

1

温泉街のメインストリートは、浴衣姿の宿泊客たちでにぎわっていた。

土産物屋やしゃれたカフェ、古い酒蔵に足湯のスポット。

新旧とりまぜたショップが通りの両側にひしめき、イオウの匂いのする湯気が、ひっきりなしに流れてくる。

梅雨《つゆ》が明けた。ようやく夏、到来である。

休日の夕暮れ。

温泉街には、夏の訪れを待ちわびていた観光客たちの陽気な声が錯綜している。

「あ、あれ。ひょっとして……瀬戸村綾乃さんですよね⁉」

観光客の人波の中、リラックスした浴衣姿で通りを冷やかして歩いていた。

そんな綾乃をめざとく見つけた若い女性の二人連れが、興奮した様子で声をかけてくる。

「あ、ええ……」

綾乃はすぐに、よそいきの営業スマイルになった。

こんな形で見知らぬ誰かに声をかけられることが、このところ多くなっている。

以前はブログの自分の写真に、スタンプを重ねるなどして隠していた。だが三浦家をやめてから、自分の顔を解禁した。名前も出した。

ちょっとした気分転換のつもりだった。

だがその影響は思いのほか大きく、綾乃は今さらのように、自分がずっとつづけてきたブログの影響力のすごさを思い知らされた。

興奮しながら声をかけてきた、二十代前半に見える若い女性の二人組も、綾乃のブログの熱心な読者だという。

「まさかこんなところでご本人に会えるなんて。一緒に写真撮ってもらえますか」

「ええ、喜んで」

「きゃー」

気さくに応じると、若い女たちは歓喜の嬌声をあげた。たまたま通りかかった見知らぬ観光客に手伝わせ、写真撮影にしばし興じる。

綾乃は握手まで求められた。精いっぱいの笑顔をふりまいて応対し、手までふって女性たちと別れる。

「ふう……」

だが一人になるや、自然に表情はどんよりとした。

本当は、ほうっておいてほしかった。顔なんか公開するんじゃなかったと、今ごろになって後悔している。

だって、言ってみれば、これは傷心旅行なのだから。

誰にも気を使うことなくひっそりと、心の傷を舐めていたい。

「はー……、どうしてあんなことを言ってしまったのかしら……」

胸を締めつけられるような気持ちになりながら、小さく下駄を鳴らして通りを歩く。なだらかな坂に沿って、数十軒の旅館が軒《のき》をつらねていた。

綾乃はカラコロと下駄を鳴らし、宿に向かって坂をのぼっていく。

脳裏にせつなく蘇《よみがえ》るのは、綾乃が「私じゃだめかしら」と言ったときの、驚いたような昌彦の顔つきだ。

あの表情を見たとたん、自分のことなどこれっぽっちも意識してなどいなかったのだと、あらためて思い知らされた。

いや、そんなことは、最初から分かっていたのである。

それなのに、まさか自分が、あんなふるまいに及んでしまうだなんて……。

「だ、だいたい、どこがいいのよ。あんな頼りない男の……」

綾乃はブツブツと呪詛《じゅそ》の言葉のようにつぶやいた。

三浦家で働くうち、いつからか綾乃は憎からず昌彦を思うようになっていた。

いや、本当は最初から好意を抱いていたのかも知れない。

だからこそあんな風に、自ら彼に身体を許した。綾乃は誰とでも気軽に肉体関係を結ぶような、軽い女ではなかった。そのため未亡人だということも、そう簡単に打ち明けなかった。つけこまれたくなかったからだ。

資産家であることは事実だったが、夫はすでに他界していた。

生前、事業をいとなんでいた夫は、有能な綾乃をあてにして、ことあるごとにいろいろと彼女に相談をもちかけてきた。

だが綾乃は、そんな夫を愛するがあまり、

——そんなこと、いちいち女房に聞かないで自分でなんとかしたらどうですか。

などと心を鬼にして突きはなしたものだった。

夫が過剰なストレスに身を置いていることは分かっているつもりだった。

だが、苦悩の重さを読みあやまった。

彼女が思っていた以上にプレッシャーを感じていたらしい夫は、結局ストレスから健康を害し、あっけなく早世してしまった。

そのため、夫を想い結婚指輪はずっと嵌《は》めたままだった。

そして、そんな夫に、どこか自信なさげな昌彦がだぶった。ダメンズ好きではないつもりだったが、もしかしたらそうなのだろうか。

つい昌彦に、手を貸してやりたい気持ちになった。

そして昌彦といっしょに戦友的な時間を過ごす内、本気で彼を想ってしまっている自分を持てあますようになったのであった。

その結果――。

（ほんとうに言わなければよかった。あんなこと……）

目をまん丸にしてこちらを見る昌彦の顔にズシリと胸をふさがれた。

あれだけの期間一緒にいたにもかかわらず、二度目の行為を求めてこなかったことで、彼の気持ちなど容易に分かったはずではないか。

それなのに、亜希子にふられて自虐的になる彼を、綾乃はほうっておけなかった。可哀想《かわいそう》にと想う気持ちに、今なら自分の想いを打ちあけられるというせつない感情が混じりあって、つい本心を告白してしまった。

あげくのはてに、見事に玉砕した。

あまりの恥ずかしさに耐えられず、すぐに三浦家から逃げ出した。

挨拶もしないで旅館を去ることは気がひけたが、昌彦と面と向かいあうのは恥ずかしすぎた。

三十過ぎの、いい歳をした大人の女にだって「乙女のような羞恥心」はあるんだからと、綾乃は自分を正当化した。

「ああ……今思いだしても、顔が熱くなるわね……」

ピチャピチャと、両手で頬をたたいて自虐的に言う。

香澄さん、結衣さん、そして亜希子さん——彼女たちと自分を比べたら、どう考えても私なんて、あの人のタイプではないわよねと、苦い笑いがこみあげてくる。

「さあ、帰ろう帰ろう。またお風呂に入ろうかな」

投宿している老舗旅館に向かって足を速めた。

露天風呂つきの部屋で寝泊まりをしていたが、気分を変えて大浴場でのんびりと湯にでも浸かるとしよう。

（でもって……夕食のときには、また冷や酒でも頼んで。ウフフ…………えっ？）

綾乃はふと前方を見た。

目を細める。

息を呑んだ。

彼女の鳴らす下駄の音が止まった。

「えっ！」

思わず声に出していた。

自分が目にしているものが、にわかには信じられない。

十メートルほど向こう。

坂の上に立ち、こちらを見ている男がいた。

昌彦だ。

夢にまで見た男がいる。

見間違いであろうか。とうとう自分はありもしない幻影まで、目にするようになってしまったのか。

（あっ）

今度は声にならなかった。

男がつかつかと、綾乃に向かって歩いてくる。

やはり昌彦だった。彼以外の何ものでもなかった。昌彦は真剣な顔つきで、じっと綾乃を見つめてくる。

「つかまえた」

近くまで来ると、昌彦はそう言った。言うなり綾乃に両手を広げ、力のかぎり抱きすくめる。

「ああ……」

たまらず綾乃は哀切な吐息をこぼした。ギュッと強く抱きしめられ、しなやかに背すじがのけぞりかける。

「つかまえた。やっと見つけた。ああ、綾乃さん」

口調には、万感の思いがこもっていた。

昌彦がどれだけ綾乃を求めていたか、彼女をかき抱く力の強さが、なによりも雄弁に伝えている。

「社長……」

「逢いたかった。綾乃さん、逢いたかった」

昌彦は言いながら、さらにきつく綾乃を抱擁した。

（ああ……）

綾乃はうっとりと瞼を閉じた。

今死んでも、悔いはないかもしれないと、心でぼんやりと思っていた。

2

「おお、綾乃さん。んっんっ……」

……ちゅぱ。ピチャ。んぢゅちゅ。

「はうぅ、んっんっ……社長……社長……んっ……」

……ピチャピチャ。ねろん。ねろねろ。んぢゅちゅっ。

ようやく空が、紫色に変わりはじめた。

昌彦は、綾乃と二人で素っ裸になり、ねちっこく互いの唇をむさぼりあう。

「せっかく……んっ、軌道に、乗ってきているのに……んはぁ、んっんっ……休んじゃ、だめじゃない。んっ……」

綾乃の美貌は、熱でも出たかのようにぼうっとなっていた。おそらくそれは、風呂の熱さのせいだけではないだろう。

彼女と唇を戯れあわせながら、昌彦はそのことを確信している。

「だって、連れ戻さなきゃいけない、大切な人がいたから。んむんぅ……綾乃さん、舌出して……」

「あぁん、社長。むはあぁ……」

綾乃は勝ち気そうな美貌を、色っぽい薄桃色に火照らせている。

昌彦が求めると、とろんとした顔つきで、ローズピンクの長い舌を惜しげもなくヌチョリと差しだした。

「おお、綾乃さん……」

……ピチャピチャ。ネチョネチョ、ピチャ。

「むはあぁ……あぁン、と、とろけちゃう……んっンッ、んああァ……キュンって、なっちゃうの……んあぁ……」

「綾乃さん……よかった……見つけられて……ほんとに。んっ……」

舌と舌とを擦りあい、淫らなベロチューの快楽にふけった。綾乃が言ったのと同じく、昌彦のほうも熟女の舌を求めれば、股間がキュンと甘酸っぱくうずく。

四角い檜《ひのき》の露天風呂に、二人仲よく身を沈めていた。白い湯けむりがもうもうとたちこめ、イオウの匂いが鼻をつく。

高台にある、温泉街でも一、二を争う有名な老舗旅館。造りの古さは三浦家といい勝負だが、豪奢《ごうしゃ》さも広さもすべてがけた違いだ。

綾乃が寝泊まりする客室からは、豊かな緑と渓流の眺めがよく見えた。

部屋にある露天風呂でも、それは同じ。眼下には、森と渓流の清冽《せいれつ》な光景が、遮《さえぎ》るものもなく広がっている。

空にはまん丸な月が昇り、次第に明るさを強めつつあった。

(ああ。綾乃さん)

とろけるようなベロチューをつづけながら、昌彦は甘酸っぱく脳髄の芯をしびれさせた。

綾乃がどこにいるかは、彼女のブログから分かった。

早く行かなければ、また別の場所に行ってしまうと焦燥した。

とるものもとりあえず、三浦家からは車で四時間近くも離れている、この温泉地までおんぼろ車を飛ばしてかけつけた。

綾乃を迎えにきたつもりだった。

すぐには無理でも、ずっと待っていることを伝えに来た。それほどまでに、昌彦は綾乃を心から必要としつづけていた。

突然気持ちを打ちあけられたときは、あまりに意外で頭の中が真っ白になった。綾乃の本当の気持ちを知り、うれしさがこみあげてきたときには、すでに熟女は三浦家を去ってしまっていた。

なんという早業《はやわざ》かと、呆気にとられたほどである。

あのときは驚いて言葉も出なかったが、綾乃から気持ちを告げられるや、ようやく昌彦は自分の心の奥底にあった気持ちに気づいた。

――綾乃さんが、ずっとそばにいてくれたらな。

でもそれは、求めてはいけない禁忌な想い。

そもそも彼女には家庭があり、それを壊すつもりなど毛頭ないだろうと端《はな》からあきらめ、それ以上深くは考えないでいたのであった。

ところが綾乃の告白を聞き、昌彦は心が大きく揺れた。

そして綾乃もまた、心になにか寂しいものを抱えたまま、自分といっしょにいたことに、ようやく気づいたのであった。

もう一度、綾乃に逢いたいという気持ちを抑えられなかった。だがすでに、数か月先まで予約は埋まってしまっている。

臨時のスタッフを採用し、綾乃の抜けた穴はなんとか埋めた。だが、このままずっと綾乃なしでやっていけるとはやはり思えなかった。

三浦家という旅館も、昌彦自身も。

旅館を休みにすることを決め、まだ予約が入っていなかった数日間をその日に定めて調整をした。

その結果、やっとのことで身体が空き、今日こうして、ブログをチェックして綾乃をたずねてきたのであった。

そんな昌彦に、綾乃は告白してくれた。

とっくに夫などいないということを。そして、自分もずっと昌彦を想いつづけていたということを。

互いの想いを確かめあった大人の男女がすることなど、ひとつしかない。

昌彦は綾乃のはからいで同じ部屋に投宿させてもらうことにし、宿にチェックインをすませたのである。

「綾乃さん……」

「はあぁアン」

舌と舌とを絡めあわせながら、片手でおっぱいをふにゅりとつかんだ。とろけるような巨乳の感触は、どこか懐かしさも感じさせる。

「あっあっ……はぁァ……社長……あッ、はあぁ……」

もにゅもにゅとねちっこいタッチで揉みこね、せりあげ、握りつぶす。綾乃は鼻にかかったような、甘ったるい声を聞かせてくれる。

そうした綾乃の媚声にも、情欲を刺激された。

臓腑の奥からケダモノじみた熱い欲望がムラムラとこみあげてくる。

「はあァ……」

綾乃の舌から舌を離し、うなじにちゅっと口づけた。綾乃は髪をアップにまとめ、首筋におくれ毛をもやつかせている。

そんな綾乃の首筋を、ねろねろと熱っぽく舐めしゃぶる。

さらに上へと唇を移し、今度はやわらかな耳朶と耳の穴を、舌と唾液でネチョネチョと舐めまわし、ぬめらせていく。

「あっあっ。あン、そんな。はあぁ……」

もちろん、おっぱいを責めることも忘れない。たわわな乳をネチネチと揉みしだきながら、伸ばした指で乳首をあやす。

「あああ……」

乳首はすでに、狂おしいほど勃起していた。

硬いくせに弾力がある。

ググッと押せば負けじと踏んばる締まった乳芽を、スリッ、スリッと乳輪に何度もしつこく擦りたおす。

「ああン。んっ、あン、いや。ああ、だめぇぇ……」

「はぁはぁ……こうするほうがいい、綾乃さん？」

「あっ……」

揉んだり乳首をあやしたりするだけでは、おさまらなくなった。

昌彦は綾乃をエスコートして湯船から立つ。

びっしょりと湯に濡れたむちむち裸身を、檜の風呂の縁へと座らせ、自分は隣に密着していく。

「アアァアン」

「おお、綾乃さん。乳首、こんなに勃起させて。んっんっ……」

……ちゅうちゅう、ちゅぱ。んぢゅちゅ。

小玉スイカのように盛りあがる、Gカップおっぱいに吸いついた。しこり勃《た》つ乳首にむしゃぶりつき、赤子のように吸引する。

しかも、ただ吸うだけではない。いたずら好きな舌まで動員し、コロコロと乳首を転がし、舐めたりはじいたりたたいたりする。

「あっあっ。あァン、いや……ああ……」

ずぶ濡れの裸身から湯気をあげながら、綾乃は色っぽく身をよじってあえぐ。

彼女はとっくに気づいているはず。

昌彦の股間のペニスがにょきりと反りかえり、まがまがしいまでに亀頭をふくらませていることに。

「あはぁン、そ、その吸い方、いやらしい……ハアァン……」

「はぁはぁ……だって、綾乃さんが好きだから……んっんっ……好きな人への想いを形にすると、こんないやらしい風になってしまうんだよ。んっ、んっ……」

「うああ。ハアァァン」

右の乳房から左の乳房、再び右へ、また左へと、責めるおっぱいを何度も変えて、しつこくネチネチと舐めしゃぶる。

湯に濡れていたはずの綾乃の乳首は、あっという間にドロドロの唾液のぬめりにとって変わる。

「あっあっ、はぁアン、社長……い、いいのかしら……あぁン、ほんとに……ほんとに、私なんかで……ハァァァ……」

「綾乃さんしかいないから……迎えに来たんじゃないか。ああ、綾乃さん」

「きゃっ」

昌彦は再び湯船に一人だけ身を沈めた。彼の激しい動きのせいで、お湯の飛沫《しぶき》が勢いよくあがる。

綾乃の真ん前へと移動した。

色白の、もっちりした美脚をガバッと左右に割り開く。

「きゃああ。しゃ、社長……」

「ほら、脚、湯船から出して。ガニ股に開いて」

「ああ、いやン。いやン、いやン。きゃあああ」

とまどう綾乃に四の五の言わせなかった。強制的に脚をすくいあげ、大胆きわまりないM字開脚姿にする。

（おおお……エ、エロい！）

ばっちりと露わになったのは、濡れねずみの剛毛とその下の女陰だ。

白い秘丘にビッシリと、縮れた黒い毛が生えている。濡れた恥毛はそうでないときより、さらに黒々と艶光りをしていた。

そんな剛毛のすぐ下で、生々しい淫裂がぱっくりと口を開けている。サーモンピンクの粘膜がぬめ光り、膣穴のくぼみが、ヒクヒクとあえぐように弛緩と収縮をくり返している。

「おお、綾乃さん」

好きにしてと訴えるかのような淫肉に、昌彦はもう辛抱たまらない。閉じたがる内腿に指を食いこませた。強引に左右に押しひらき、丸だしの陰部に矢も楯もたまらずふるいつく。

「あああああ」

そのとたん、綾乃はけたたましい声をあげ、尻を浮かせて跳ねあがった。

「ああン、社長……」

「はぁはぁ……あ、綾乃さんのオマ×コだ。オマ×コだ。オマ×コだ。んっ……」

……ぢゅるぢゅ。んぢゅちゅっ。

「うあああ。ああ、社長。いやン、だめ。ハアァアン」

綾乃は両手を洗い場につき、のけぞるようなポーズになった。

なおも太腿を閉じようとするが、昌彦は許さない。強引に左右に広げさせ、身も蓋もない大股開きを強要する。

そうしながら一心に舌で責めるのは、卑猥にぬらつく陰唇だ。突きだした舌でねろねろと、エロチックなワレメを下から上へと何度も舐める。

「あああ。ああああああ」

そんな昌彦の怒濤の責めに、綾乃も官能のボルテージをあげた。両手を床につき、のけぞったような格好のまま、感きわまった声をあげる。

「ああ、綾乃さん。こうしたかった。綾乃さんのオマ×コを、こんな風に……はぁはぁ……こんな風にペロペロペロペロ、舐めたかった。舐めたかった。んっんっ……」

「あぁン、社長ったら。いやらしい。ああ、いやらしい。ハァァアン」

恥も外聞もない昌彦の言葉に、綾乃はとまどいながらも、こみあげる快感をこらえきれない。

昌彦からあふれだすせつない想いは、下品で滑稽なものだろう。

しかし、いい歳をした男のいとしい女への愛情なんて、いつだってこういうものではないだろうか。

それのなにが悪いと開きなおった。

こうなったら、とことん見せてやろうではないか。いとしい女を手に入れられた男の悦びが、どれだけ熱くて卑猥なものかを。

「綾乃さん。俺、いやらしい？　でも……もっともっといやらしいことするよ」

「はうう、社長……」

「だって、綾乃さんが好きだから。この世にいる他の誰よりいとしいから。ああ、いやらしいことをしないではいられないんだよ」

「ああああああ」

声を上ずらせて言うや、昌彦はワレメの上部へと責めの矛先を向けた。莢から剝け、生々しい赤味を見せつける牝真珠《しんじゅ》を吸引する。

クリ豆は、枝豆によく似た触感だ。にゅるんと口中に飛びこんだ。昌彦は剝き身の陰核をはむはむと唇で揉みつぶし、存分に舌で舐めまわす。

「うああ。ああ、そんな。そんな敏感なところ、そんなにされたら……あああ」

究極の性感地帯を雨あられとばかりに舌で舐められ、綾乃は耐えかねて身をよじり、プリプリと尻をふりたくる。

「敏感な部分ってどこ、綾乃さん？　ねえ、これなんだい？　これ。んっんっ……」

……ちゅうちゅぱ、ぢゅる。ねろねろ。ねろん。

「あああ。うあああああ」

右へ左へと顔をふり、品のない舐め音をひびかせて、すすりこんだ牝豆を舐めてしゃぶって伸張させる。

「ヒイィィン」

そんな昌彦の陰核責めに、綾乃はもうたまらない。

もはや両手を突っぱらせてなどいられなくなった。歓喜の嬌声をあげて洗い場にころがり、仰向けにつぶれたカエルのような格好になる。

豊満な乳房がとろけるようにひしゃげ、ハの字に流れて乳首をふるわせる。

昌彦も湯船から出て、洗い場にいる綾乃におおいかぶさっていく。

「おお、綾乃さん。んっんっ……これなに。今どこ、しゃぶられてる。んん？」

……ぢゅぱぢゅぱ。ぢゅるちゅ。んぢゅちゅっ。

「うあああ。ク、クリトリス。クリトリス舐められてるンンン」

「違うよ、マ×コ豆って言って。マ×コ豆。んっんっ……」

……ぢゅるぢゅ。んぢゅちゅっ、ぢゅちゅっ。

「ああ。いやらしい。社長。いやらしいわ。あああああ」

「言って。マ×コ豆。綾乃さん、今どこ舐められてる？」

めったやたらに舌を暴れさせ、剝きだしの牝芽を舐めたてた。

性感が剝きだしになったような肉豆を舐めころがされ、全裸の熟女は背筋をのけぞらせ、天に顎を向けて咆哮《ほうこう》する。

「ああああ。あああああ」

「気持ちいい、綾乃さん？」

「き、気持ちいい。社長、私、気持ちいい。あああああ」

「今なに舐められてるの」

「うあああ。マ、マ×コ豆。私の恥ずかしいマ×コ豆。ああああああ」

「マ×コ豆、気持ちいい？　んっんっ……」

……ぢゅるぢゅる、ぢゅちゅちゅっ。ねろねろねろ。んぢゅぶぴぶぢゅぴっ！

「ああ、気持ちいい。気持ちいい。だめだめ。イッちゃうイッちゃう。あああああ」

……ビクン、ビクン。

ついに綾乃は、恍惚の頂点に突きぬけた。強い電流でも浴びたかのように、身体をバウンドさせる。

右へ左へと身をよじった。なかば白目を剝いている。

たわわな乳房をブルン、ブルンとおもしろいほどはずませて、はしたない悦びに、首を引きつらせて耽溺する。

「うっ、ううっ、うっ……」

「おお、綾乃さん。いやらしい。はぁはぁ……」

「い、いやあ……うっ、うっ、み、見ないで……見ちゃいやあ……こんな……こんな恥ずかしい私……お願い、だめ……ハアァァァ……」

昌彦は、淫らな痙攣をつづける美熟女を、ついうっとりと見た。

綾乃は昌彦の熱っぽい視線に恥じらいながらも、痙攣を止められない。艶めかしくうめき、ブルブルと太腿をふるわせた。ゼリーのように伸びたおっぱいが、波打つ動きで房を揺らした。

3

「はあぁぁん、社長……」

「はぁはぁ……もうだめだよ、綾乃さん。俺、あなたが好きで……大好きで……」

「あああ……」

二人のまぐわいの場は、露天風呂から客室へと移っていた。濡れた身体をいそいでぬぐい、布団を敷いて裸同士で抱きしめあう。

「もっと……舐めてもいいかい」

甘いささやき声で、昌彦は聞いた。

すると綾乃は瞳を潤ませ、羞恥と官能の双方をにじませた声で聞いてくる。

「そんなに……舐めたかったの、私のこと……」

「ああ、舐めたかった。綾乃さんの身体なら、何時間舐めまくっても満足することはないよ。ねえ、舐めていい？」

「あああ……」

愛情たっぷりの昌彦のささやきに、綾乃は恍惚とした顔つきになる。

紫色だった空は深い闇へと変わり、さえざえとした満月が天空に輝いていた。

客室に、明かりはない。青白い月明かりひとつの薄暗い部屋で、素っ裸の男女は、ふたたび獣になっていく。

「舐めていいかい、綾乃さん」

「はあぁ、な、舐めて……好きなだけ舐めて！」

「おお、綾乃さん」

「あああああ」

もう一度うなじにむしゃぶりつき、ねろねろと舌で舐めたてた。綾乃はビクッと裸身をふるわせ、淫らにのたうつ蛇になる。

「ああ、いやッ……ハァアン、社長……あっ、いや、ゾ、ゾクゾクしちゃう……やっぱりそんなに……いっぱい、舐められたら……あぁぁ……」

「はぁはぁ……ああ、おいしいなぁ。おいしいなぁ。綾乃さん。んっ……」

風呂上がりの女体からは、清潔感あふれるアロマの香りがただよった。

しかし昌彦はおのが舌で、せっかく浄《きよ》められた美しい身体を、生臭い唾液でべっとべとに穢《けが》していく。

白い首筋に、右にも左にも、ねっとりと舌を擦りつけた。唾液のコーティングを完成させると、今度は耳の穴を舌でほじくりながら、

「綾乃さん……オマ×コに、ち×ぽ挿《い》れたい……」

いやらしい声で、吐息とともにささやく。

「あああン。社長。ああ、いやらしい……」

そんな下品な言葉責めに、綾乃はいちだんと艶めかしく身悶える。

恥ずかしがってはいるものの、かもしだす気配は、もっと舐めてと言っているようにも感じられる。

いやらしいことを、もっと言ってとせがんでいるようにも思える。

「はぁはぁ……綾乃さんのオマ×コにち×ぽ挿れたい。綾乃さんのここに」

「あああああ」

ねろねろと耳を舐めながら、股間のワレメに指をあてがった。完全にとろけきった淫肉は、熟れすぎた柿のようになっている。

そっと指を押し当てただけで、果肉の中に指が沈みこんだ。

牝肉の中は、どこまでが熟しきった果肉で、どこからが果汁かも分からないほどドロドロである。

……ぐちょっ、ずちょっ。

「うああ。あァン、だめ。ああああああ」

昌彦は卑猥な肉柿の中に指を入れたり出したりしながら耳を舐め、いやらしい言葉を吐息とともにさらに綾乃に吹きかける。

「ち×ぽ挿れたい。ここに。このいやらしい穴に。ガッチガチに勃起した、スケベな俺のち×ぽ」

「社長……」

「分かるだろ。綾乃さんを思って勃起してる。すごい勃ってる。はぁはぁ……」

言いながら腰を突きだし、むちむちした内腿にペニスを擦りつけた。綾乃の裸身は熱かったが、肉棒の熱さはさらにそれを上まわっている。

「はぁぁん、いやあ……」

「おお、綾乃さん……」

……ぐぢゅる。ぬっちょ。

「うあああ。ああ、社長。いやらしい。いやらしい。だめ、鳥肌立っちゃうンン」

しっとりと締めるもちもち腿に亀頭と棹を擦りつけつつ、甘い熟れ肉をソフトなタッチでかき回した。

綾乃は一段と欲情し、身悶えながら駄々っ子さながらに裸身を揺さぶる。

「この穴で、ち×ぽを挿れたり出したりすると気持ちいいんだ。幸せになれる。綾乃さんは？　ここでち×ぽ、挿れたり出したりされると幸せになる？」

「あああ。社長……ヒィン、そのささやき声、いやらしい。だめ、だめぇぇっ……」

「ねえ、言って。ここでち×ぽ、挿れたり出したりされると幸せになる？」

……ぐちょっ。ぬちょ。ぐぢゅぢゅっ。

「うあああ。ああ、し、幸せになる。幸せになるンンン」

昌彦のしつこい求めに、いよいよ綾乃もおかしくなってくる。白状する声には、理性を失ったような風情があった。

はぁはぁと激しく息を乱す。絶え間なく裸身をのたうたせながら、はしたない思いを、声を上ずらせて言葉にする。

「おお、綾乃さん……俺のち×ぽ、ここに挿れたり出したりされるの、好き？」

完熟の膣果肉のザラザラを指の腹で擦りながら、ねちっこい声でささやいた。熟女は「あああ……」とあえぎながら、ブルンとその身をふるわせる。

青白い月明かりが照らしだすムチムチした裸身に、無数の鳥肌が浮かんでいる。

「ねえ、好き？　綾乃さん、好き？」

「はぁはぁ……あああ。す、好き。社長、私、好き。社長のおち×ちん、そこに挿れたり出したりしてもらうの。いっぱい激しく、挿れたり出したりしてもらうの！」

「おお、綾乃さん……」

「ねえ、まだ？　挿れたり出したり、まだ？」

「まだだよ、お預け」

「あぁぁン……」

我慢できずに求めてきた熟女を、昌彦はあっさりとかわした。

熟れた裸身を反転させ、今度はうつ伏せにさせる。両脚をガバッと大胆に広げさせ、あられもないガニ股姿を強要する。

「あぁん、いやあぁ……」

「綾乃さん、オナニーして」

恥じらう綾乃の手をとった。熟女の股間へとみちびく。白い細指をぬめるワレメにあてがうと、ピチャッと淫靡な汁音がした。

「はあぁん、社長……」

「俺は、ほら……肛門をほじってあげるから」

甘い声でささやくと、昌彦は自分の指を舐め、熟女のヒップの谷間にそれを伸ばす。

……グリッ。

「ああああ」

秘肛に指先を押し当てると、綾乃はとり乱した声をあげた。不自由な体勢で背すじをたわめ、天を仰いで濁った瞳を揺らめかせる。

「さあ、オナニーして。気持ちいいのが肛門だけでいいの？　うり。うりうり……」

……ほじほじ。ほじほじほじ。

「うあああ。しゃ、社長。ああ、そんなとこ……そんなとこ掻かないで。ああああ」

「でもって、と……」

「あああああ」

肛門をソフトにほじりながら、なよやかな丸い肩に吸いついた。ヌチョリと舌を突きだして、またしても熟女の裸を舐めまわしていく。

「おお、綾乃さん。おいしい、おいしいよ。んっんっ……」

……ピチャピチャ。ねろん。ねろねろ。

「うあああ。ああ、社長。いやああ、か、感じる……ゾクゾクしちゃうンン。いやだ、お尻も……お尻の穴もムズムズするぅンンン」

「ほら、オナニーは。オナニーして」

「うああ。あああああ」

……ピチャ。ニチャ、ヌチョッ。

とうとう綾乃は昌彦の猥褻な命令にしたがった。

股間にくぐらせた指をうごめかせ、耳に心地いい汁音を立てる。

はしたない自慰を開始する。

「あっあっあっ……あぁン、いや。か、感じちゃう……あっあっ、背中も、こ、肛門も……あっあっ、んはあぁぁ……」

「オマ×コも？」

「ああ、社長。社長！」

「オマ×コも？」

「あああああ。オマ×コも。オマ×コもおおお。ああああああ」

恥ずかしい卑語を口にすることで、ますます劣情が高まったのだろう。綾乃はあられもない声をあげ、秘割れを掻きむしる指の動きを激しくする。

持ち主自身がいじくりたおす局部から、浅ましい粘着音がいっそう高らかに鳴りひびいた。

綾乃は昌彦に強制されたうつ伏せガニ股姿のまま、ヒクッ、ヒクッと大きな尻を跳ねあげ、女の悦びにどっぷりと溺れる。

（いやらしい。たまらない）

昌彦はうっとりとしびれるような心地になった。じつにいい気分になって、なおもアヌスをほじほじとほじる。

そうしながら、たっぷりの唾液をまぶした舌を、肩から背中、背中から腰へと、ねっとりとした感じで這わせていった。

熟女の白い背すじを、生臭い唾液がベチョベチョに穢す。そして昌彦のいやらしい舌は、次第に尻へと近づいていく。

「はぁはぁ……綾乃さん、近づいてきましたよ、お尻に……んっんっ……」

……ピチャ。ぢゅちゅ。ぢゅるるっ。

「んあっあああ。あぁアン、社長……アァン、ゾクゾクしちゃう。鳥肌が……鳥肌が立っちゃうンン。ああああぁ」

いやらしく指を動かしてクリトリスをあやしながら、ガニ股姿の美女は、なおも不随意に尻を跳ねあげた。

決壊した蜜壺は、もはや制御不能である。

ねっとりと粘つく愛液が、まさに蜂蜜さながらにあふれだし、綾乃の突っ伏す股間の布団を、卑猥な粘液で円形に濡らしていく。

「ほら……はぁはぁ……ほらほらほら……やっと来たよ、綾乃さん！」

宣告する声は、思わずふるえた。

腰を舐め、尻の割れ目に舌を到達させるや、昌彦はくぱっと臀丘を左右に割り、肛門に舌を突きたてる。

「ああああぁ」

「ほら、オナニーやめないで。つづけて、綾乃さん。お尻の穴、舐めてあげないよ」

アヌスに突き刺した舌の第一撃で、熟女はさらに激しくもだえる。昌彦は綾乃に君臨したような気分になり、サディスティックに熟女に言う。

「い、いや。舐めて。お尻の穴舐めてええっ」

もはや綾乃は恥も外聞もない。

わがままな駄々っ子のようになり、熟れた裸身を揺さぶって、浅ましい欲望を訴える。

「舐めてほしいの、綾乃さん。お尻の穴、舐めてほしい？」

二つの尻肉をつかみながら、昌彦は聞いた。指の間からやわらかな尻がくびりだされ、まん丸に肉を張りつめる。

「ああ、いじわるしないで。いじわるしないでえええ」

「舐めてほしい？」

「舐めてほしい。舐めてほしいンンン」

「いっぱい？　ねえ、いっぱい？」

「いっぱい舐めて。お尻の穴舐めて。おかしくなっちゃう。おかしくなるンンン」

「おお、綾乃さん！」

……ネチョッ。

「あああああっ」

浴場でクンニリングスしたときより、さらにとり乱した嬌声だった。

綾乃は尺取り虫のような姿になる。布団につっぷしたまま、大きな尻だけを天に向ける扇情的なポーズ。

もちろんガニ股に両脚を広げたままである。

もっと舐めてと言っているようだ。

プリプリと誘うように尻をふり、それまで以上の激しさで、自らの指でクリ豆を掻きむしり、ぬめるワレメを指で擦る。

「うあああ。あああああ」

「おお、綾乃さん……」

「は、早く舐めて。もっと舐めて。ねえ。ねえねえ。ねえええンンン」

「はぁはぁ……こうかい？」

……ピチャッ。

「うあああああ」

「綾乃さん。綾乃さん。んっんっ……」

両手をヒップに埋め、二つの臀丘を左右に割り開き、露わになった渓谷の底の皺々を、夢中になって舐めしゃぶる。

鳶色をした肛門が「いいの。いいの。気持ちいい」と訴えるかのように、何度もさかんにひくついた。

昌彦は、そんなアヌスの反応にさらに妖しく昂ぶっていく。

息を荒げて舌を躍らせた。

肛門をくすぐり、あやし、はずかしめ、突きたてた舌先でグリグリとえぐる。

「ああん、あっあっ。ああ、き、気持ちいい。お尻の穴、気持ちいいの」

上へ下へと大きな尻を揺さぶり、我を忘れた声で綾乃は叫んだ。

「マ×コは。綾乃さん、マ×コは」

そんな熟女に、アヌスを舐めほじりながら昌彦は聞く。

「ああ。マ、マ×コも気持ちいい。マ×コもいいの。気持ちいい。気持ちいい。ハアァアン……」

綾乃は白い細指で、ぬめるワレメを愛撫した。

普段はどこかに上品さを感じさせる高貴な熟女も、このときばかりは、卑猥な獣になっている。

「おお、綾乃さん。んっんっ……」

これはまたイキそうだなと、昌彦は察した。

グニグニと尻肉を揉みしだき、開いたり閉じたりをくり返しながら、ひくつくアヌスに舌を擦りつけ、唾液でベチョベチョにしていく。

「うああ。ああああ。気持ちいい。だめ。またイッちゃう。社長。イッていい？　またイッてもいい？　あああああ」

クライマックスが近づいてきたようだ。

綾乃は派手に尻をふる。

グチョグチョと音を立て、ぬめる秘割れを掻きむしりながら、せっぱつまった声をあげ、ぶわりと汗を噴きださせる。

「ああ、いいよ。好きなだけイッて。そら。そらそらそら」

昌彦はひたすら肛門を舐めた。ひくつく肉のすぼまりが、昌彦の唾液を勢いあまってププッとしぶかせる。

「あああ。あああああ。もうだめ。イッちゃう。イッちゃう、イッちゃう、イッちゃう。あっあああああ」

……ビクン、ビクン、ビクン。

またしても綾乃は、ピンクの稲妻につらぬかれた。ダイブするように敷き布団に、勢いよくつんのめる。

両脚をV字に開いたまま、身体を投げだした。

派手な痙攣をくり返し、そのたび「おう、おう」と品のいい綾乃のものとは思えない不様な声をあげた。

4

「おお、綾乃さん。はぁはぁ……俺、もうたまらないよ」

つっぷしたまま、ぜいぜいと息を乱す綾乃を、休ませてあげる余裕はなかった。

昌彦は汗ばむ女体に覆いかぶさる。股間のペニスを手にとると、ふくらむ亀頭を膣口に押し当て、一気呵成にねじりこむ。

——ヌプッ。ヌプヌプヌプヌプッ！

「うあああああ」

そのとたん、美しい獣はさらに覚醒した。ビクンと全身を突っぱらせ、爪先を伸ばして脚を上げる。

布団から浮いたのは上体も同じだ。

ブルンとおっぱいを重たげに揺らす。天に向かって顎をあげ、唇を色っぽくふるわせる。

「くぅぅ、綾乃さん。たまらないよ」

そんな綾乃のガチンコな乱れっぷりに、昌彦は燃えた。

腕立て伏せのような体勢で両手を突っぱらせたまま、激しくカクカクと前後に腰をしゃくる。

……ぐちょ。ぬぢゅる。

「あああああ。き、気持ちいい。いやン、なにこれ。いやだ、私ったら……い、いつもより……いっぱい感じちゃってるンン」

「くぅ、綾乃さん。はぁはぁ」

反動をつけて腰をふり、綾乃のヒップにバツバツと腰をたたきつける。

いわゆる寝バックのハードな責め。

つっぷした綾乃は布団のシーツをつかみ、「ひい。ひいいい」と引きつったあえぎ声を漏らす。

突きあげる動きで膣奥深くまで、亀頭をえぐりこんだ。子宮にぬぽぬぽと先端が刺さり、まん丸な肉尻がひしゃげてふるえる。

「ああ、すごい。ンヒイィ。ヒイィィ。やだ、私ったらなんて声……で、でも……あああああ。ど、どうしてこんなに感じるの。ヒィィン。気持ちいいンンッ」

楔《くさび》を打ちこむかのような斜め上からのピストンに、綾乃は裸身をきしませて、感極まった声をあげる。

両手につかんだシーツの布を、無我夢中で引っぱっている。白い布が裂けるのも、時間の問題ではないかと思った。

「おお、綾乃さん。俺も最高に気持ちいいよ！」

昌彦は心からの歓喜を言葉にした。

今日はなぜだが、亀頭の感度がやけにいい。

ぬめる膣ヒダに擦りつけ、子宮口へと埋めるたび、いつも以上に峻烈な恍惚の火花がバチバチと散る。

「はあぁぁん、社長……あああ……」

「おお、あ、愛してる。綾乃さん、愛してる！」

――パンパンパン！　パンパンパンパン！

「んっあああ。ああ、社長。ああぁ、とろけちゃう、とろけちゃうンン。ああぁぁあ」

くびれた腰をつかみ、四つんばいの格好にさせた。

温泉の湯こそぬぐっていたが、裸の素肌には昌彦の唾液だけでなく、汗がにじみだし、しめり気を帯びている。

そんな全裸の美熟女を、昌彦はバックからガツガツと貫いた。

獣の体位の綾乃は、前へ後ろへと身体を揺さぶられる。Gカップのおっぱいをたゆんたゆんと跳ね躍らせ、我を忘れた嬌声をあげる。

「うあああ。あああああ。き、気持ちいい。社長、気持ちいいの。すごく感じちゃう。いっぱい感じちゃうンン。あああああ」

綾乃は淫らな獣になり、性の悦びにただただ浸った。

プリプリと尻をふり、うずく身体を持てあますかのように、絶え間なく上体をのたうたせる。

ペニスに吸いつく膣洞は、波打つように蠕動《ぜんどう》した。思いがけず強い力で、昌彦は怒張を絞りこまれる。

（ああ、気持ちいい。もうだめだ！）

「おおお、綾乃さん。そろそろイクよっ……！」

どんなに我慢をしようとしても、もはや限界のようである。

キーンと耳鳴りがした。

同時に不穏な波音が、一気に遠くから近づいてくる。

亀頭をヒダヒダに擦りつけるたび、腰の抜けそうな電撃がまたたいた。

ひと抜きごと、ひと差しごとに、マグマのような爆発衝動が、臓腑の奥からせり上がる。

「ああ、社長。気持ちいい。こんなのはじめて。はじめてよ。あああああ」

一方の綾乃も、クライマックスへと一緒になって急加速した。

目の前のシーツをつかんで引っぱる。

とうとう布がミシッと裂けた。

「あああ。ああああああ」

あまりに激しく首をふるせいで、髪がハラリとほどける。

アップにまとまっていた艶髪がクルクルとゆるんだ。汗まみれの背中に勢いよく流れ、身体といっしょにリズミカルに揺れる。

「うおお。おおおおお。ああ、気持ちいい。いやん、もっとしていたいのにもうイッちゃう」

「おお、綾乃さん……」

昌彦は奥歯を嚙みしめて腰をふった。

肉スリコギが膣洞をかき回し、グチョグチョと派手な汁音をひびかせる。

「ああ。あああああ。どうしよう。私イッちゃう。イッちゃう、イッちゃう、イッちゃう。あああああ」

「くぅ、イクッ……」

「うおおうおうおう。おおおおお。おおおおおおっ‼」

――どぴゅどぴゅっ！　びゅるる！　どぴどぴどぴぴっ！

ひときわけたたましい吠え声が、暗い客室にとどろいた。

綾乃はもう四つん這いでなどいられず、布団に飛びこむようにつんのめった。性器でひとつにつながった昌彦も、熟女に重なるようにして、一緒になって倒れこむ。

「あう。あう。あう」

「おお、綾乃さん……」

綾乃の背すじは、べっとりと汗ばんでいた。そんな背中が昌彦の胸と擦れ、ニチャニチャと粘着音をひびかせる。

「はううっ……しゃ、社長……いやン、恥ずかしい……あっあっ……ああ……こんな……アァン、こんな、ことって……ハアァァ……」

綾乃は昌彦の下で、絶頂の痙攣を止められない。

ビクビクと派手に裸身をふるわせて、女だけが行けるというこの世の天国に耽溺する。

「おおお……」

昌彦のペニスは、熟女の膣にズッポリと刺さっていた。

ドクン、ドクンと本能のおもむくままに波打たせ、あらん限りのザーメンをいとしい女の膣奥深くに注ぎこむ。

幸せだった。

この人以外、なにもいらないと心から思った。

昌彦は、射精をしながら手を握ろうとした。すると綾乃もふるえる指を、熱っぽく彼に絡みつけてくる。

「はぁはぁ……社長……」

「はぁはぁ……綾乃、さん……はぁはぁはぁ……」

二人して、乱れた息をととのえた。くり返される呼吸音だけが、客室の中にひびいている。

「ああ、入ってくる……社長の……精液……しあわせ……しあわせ……あああ……」

「綾乃さん……」

綾乃はうっとりと、色っぽい声を上ずらせた。

昌彦は、そんな熟女と指を絡めあったまま、うっとりと目を閉じる。

射精はなおもつづいていた。

昌彦はそれに酔いしれた。

こんな幸福な射精、生まれてはじめてだなと、身体も心も弛緩させながら、ぼんやりと思った。

終章

「きゃー、綾乃さん。あっ、もう『女将さん』か。久しぶりー」

「結衣さん、お帰りなさい」

久しぶりに、結衣が三浦家にやってきた。

綾乃と結衣は手を取りあって、互いに再会を喜びあっている。

「お久しぶりです、ご主人」

結衣はキュートな笑顔を、昌彦にも向けた。

「お帰りなさい。ようこそ三浦家へ」

昌彦もまた、満面の笑みで結衣に応える。

今年の春、彼女を見送ったときはあれほど苦しかったのに、そんなことなどなかったかのように、気分は明るく晴れやかだ。

「お元気でお過ごしでしたか」

帳場でチェックインの手続きをしながら、和装の綾乃は色っぽく結衣に問いかける。

結衣はそんな綾乃にニコニコしながら、

「うん、おかげさまで。夫とは離婚。愛人だった元同級生との仲も精算して……そうしたら、新しいパートナーと出逢うことができたの！」

幸せそうに相好をくずし、身を乗りだして報告をする。

「わー、おめでとうございます！」

すると綾乃は、我がことのように喜んで拍手をした。つられて昌彦も、パチパチと手をうち鳴らす。

「えへへへ。ありがとうございます！　だからね、今回はお礼参りも兼ねて来ました。村の氏神様と、三浦家さんに」

屈託のない笑顔とともに、結衣は綾乃と昌彦を交互に見た。

「それはわざわざどうも。それにしても、ほんとによかったですね、結衣さん」

昌彦は心からの笑顔とともに結衣に言う。

「ありがとう。ほんとに三浦家さんのおかげだと思ってます。ご主人と綾乃さんには感謝しかないかも」

結衣はくすぐったそうに首をすくめ、心底恩義を感じているというふうに昌彦と綾乃を見た。

「いいえ、私たちはただ、お手伝いをしただけです。結衣さんが心機一転、頑張った結果ですよ」

綾乃はそう言って、柔和な笑顔で結衣を見た。

「えへへ。そうかな〜。えへへへへ」

結衣は照れくさそうに笑い、目を細めた。そんな結衣のかわいい姿に、昌彦と綾乃は目を見あわせ、思わず一緒になって笑った。

綾乃を迎えに行ったあの日から、五か月ほどが経っていた。

正式に籍を入れ、今は仲居ではなく宿の女将として、三浦家を切り盛りしてもらっている。

綾乃は大人気だった温泉ブログもやめていた。今は三浦家の女将としての日々の奮闘を、写真をメインとするＳＮＳで発信しつづけている。

影響力抜群のインフルエンサーだった綾乃が女将になったということで、三浦家はますますその名を高めた。

宿にいた色っぽい仲居が、じつは有名ブロガーだったと後で知った客たちも、仰天しながらもう一度宿を訪ねてくれたりしている。

ちなみに香澄と亜希子からは、それぞれメールと封書で連絡がきた。

どちらの美女も、新たな伴侶や戻ってきたパートナーとの生活を順調につづけているようである。

そして、それは言うまでもなく、昌彦と綾乃も同じだった。

（福の神……っていうより、女神だな、やっぱり）

にこやかに結衣と話をする美しい妻の横顔を盗み見て、昌彦はこっそり、万感のため息をついた。

こんな素敵な人がそばにいたというのに、他の女性に目を奪われていた自分の浅はかさをあらためて恥じる。

この人がいれば、もうなにもいらない――昌彦は本気でそう思っていた。

死ぬ気で働き、一生懸命生き、二人でこの宿を盛り立てて、いっしょに歳をとっていこう。

そう思うだけで、信じられないほど力が湧いた。

昌彦と綾乃はこの宿を「本館」とし、現在は廃業状態にある他の宿も買い取って、整備しようと考えていた。

いずれは村に「三浦家二号館」「三浦家三号館」などを誕生させていくつもりであ

る。

そんな夢と希望にあふれた未来に向かって、二人は準備を進めていた。

「ちょっと社長、なに鼻の下伸ばしているんですか」

すると、いきなり綾乃に突っこまれる。

ハッと我に返ると、綾乃はこちらをジト目でにらみ、結衣はニコニコと破顔していた。

「あ、いや。べ、別に、鼻の下なんか――」

昌彦はあわてて抗弁しようとした。

しかし綾乃は許さない。

「いーえ、伸びてます。結衣さんを見るなりこれですからね、うちの社長は」

綾乃はそう言って結衣に話を振った。

「えー。いえいえ、違いますよー。綾乃さんのことを見て、鼻の下を伸ばしてるんですよね、ご主人？」

するとと結衣はヒラヒラと手をふり、小首をかしげて昌彦に言った。

「は、はい。すみません。じつはそうです」

そんな結衣に、昌彦は臆面もなくうなずいた。

「えっ」

「きゃー、ごちそうさまー。ウフフ」

綾乃は仰天し、美貌を引きつらせる。一方の結衣は、愉快そうにピョンピョンと跳ねた。

「わー、綾乃さん、顔真っ赤ですよー」

見る見る小顔を紅潮させた綾乃を、楽しそうに結衣が指摘する。

「な、なな、何を言ってるんですか……しゃ、社長、馬鹿なこと言ってないで、お部屋までお客様をご案内して」

「はいはい」

綾乃はうろたえ、まなじりをつりあげて昌彦に言う。昌彦は苦笑し、帳場から出ると、結衣の荷物を持った。

「もー、見せつけてくれるんだから、ご主人ってば」

結衣はキュートな笑顔で昌彦に言い、ピシャッと軽く肩をたたく。

「恐縮です。さあ、ご案内します。どうぞこちらへ」

昌彦は頭を下げ、結衣をエスコートして歩きはじめた。結衣は綾乃に手をふって、ハミングをしながらついてくる。

「………」

昌彦はちらっと綾乃を見た。

綾乃は帳場の中で、赤くなった頬をピシャピシャとたたいている。

目があった。

昌彦は微笑んだ。

綾乃は困ったように目を伏せる。

そして、もう一度顔をあげてこちらを見た。

昌彦の女神は、恥ずかしそうに白い歯をこぼした。

（了）

※本作品はフィクションです。作品内に登場する団体、
人物、地域等は実在のものとは関係ありません。

快楽温泉《かいらくおんせん》にようこそ
〈書き下ろし長編官能小説〉
2021年3月1日　初版第一刷発行

著者……………………………………………… 庵乃音人
ブックデザイン…………………橋元浩明(sowhat.Inc.)
発行人…………………………………………後藤明信
発行所………………………………株式会社竹書房
〒102-0072　東京都千代田区飯田橋2－7－3
電　話：03-3264-1576（代表）
03-3234-6301（編集）
竹書房ホームページ　http://www.takeshobo.co.jp
印刷所……………………………中央精版印刷株式会社

定価はカバーに表示してあります。
乱丁・落丁の場合には当社までお問い合わせ下さい。
ISBN978-4-8019-2554-0 C0193